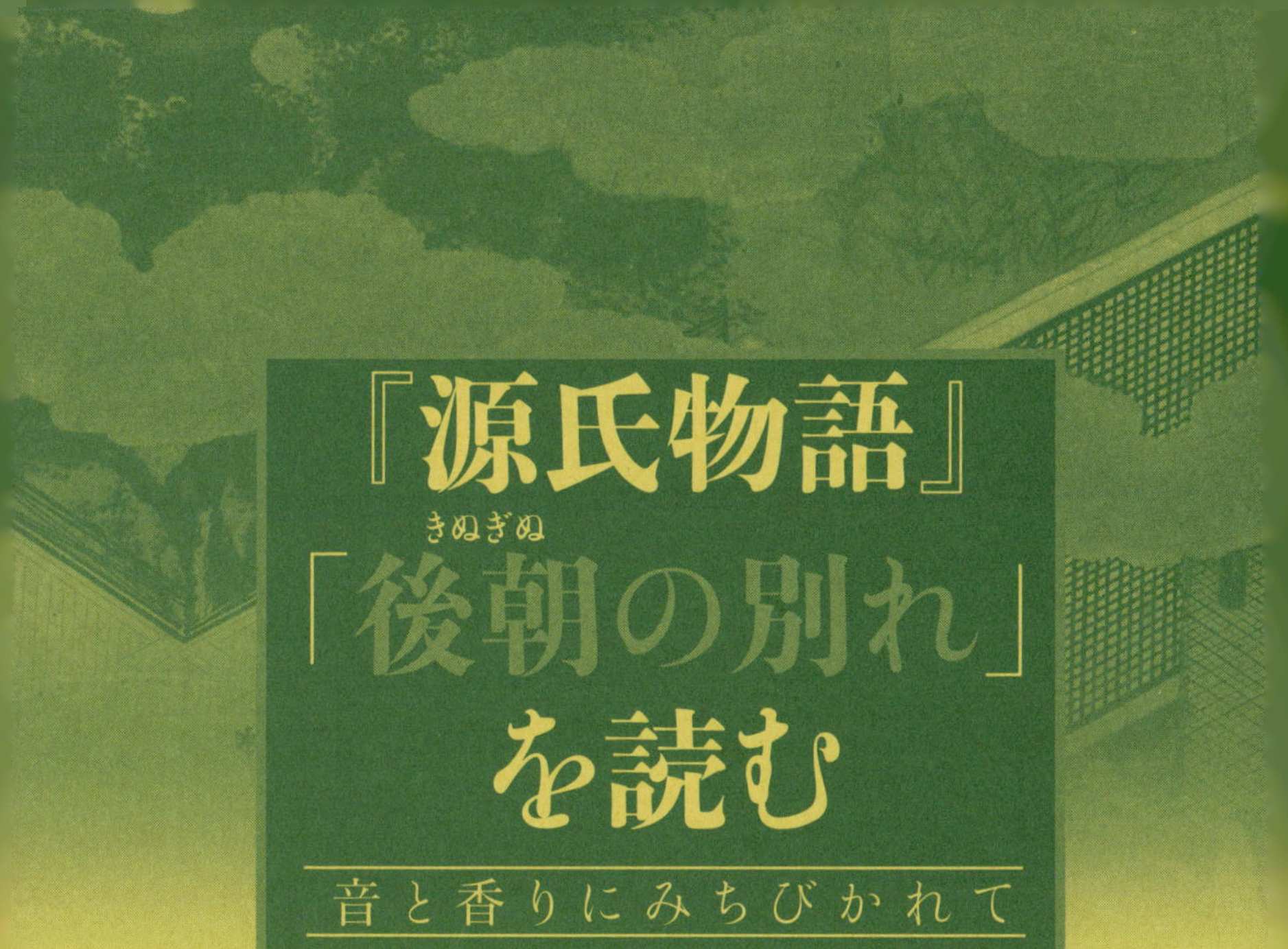

『源氏物語』「後朝《きぬぎぬ》の別れ」を読む

音と香りにみちびかれて

吉海直人
【著】

笠間書院

『源氏物語』「後朝《きぬぎぬ》の別れ」を読む——音と香りにみちびかれて【目次】

【目次】

序章

後朝《きぬぎぬ》の別れ――闇のなかで

「後朝《きぬぎぬ》の別れ」とは、共寝した男女が翌日に別れることを意味する。「きぬぎぬ」とは、その際に互いの下着を交換するという古代の習俗に基づく表現である。それに連動して、帰った男から送られる手紙のことを「後朝の文《ふみ》」という。

平安朝の恋物語において、そういった「後朝の別れ」は枚挙に暇《いとま》のないほど描かれている。しかしながら、どうしても逢瀬の方ばかりが重視され、別れの場面――特にその時間帯が注目されることはあまりなかったのではないだろうか。それはある意味常識的事項だったので、あらためて検討することを怠っていたからである。恥ずかしながら私もその一人であった。

ところが幸運にも、勤務先の同僚である小林賢章《たかあき》氏が、日付変更時点をあらわす「明く」に注目され、そこから「暁」の時刻の始まりを検証された上で、それが従来のような明るくなる時間帯ではなく、むしろ真っ暗な時刻（午前三時）であることを論証された（『「暁」の謎を解く 平安人の時間表現』角川選書）。

それを読んで私もあらためて後朝の時間帯に興味を抱き、きちんと調べ直してみることにした。すると確かに「暁」の始まりは季節にかかわりなく真っ暗なので、『源氏物語』でも視覚よりも聴覚や嗅覚の描写が多くなっていることにようやく気付いた。

夜明けならぬ日付変更時点としての「暁」は、恋物語において〈別れの時刻〉として機能する大事な時間帯だった。これを知覚させられた男は、いやでも女の元を去らなければならない。そこに男女の別れ際の心の機微が表出される。だからこそ暗い中で「有明の月」が印象的に描かれるわけだし、「暁」を告げる時計代わりの「鶏鳴・鳥の声」(帚木巻)・「鐘の音」(椎本巻)や、嗅覚に訴える「移り香」(若紫巻)が重要な要素として描写されているのである。

それにもかかわらずこれまでの解釈では、別れの時間を安易に「夜明け頃」として済ませてきたのではないだろうか。もちろん慎重に「夜明け前」としているものもあるが、どちらにしても視覚的な「夜明け」にひきずられてしまっており、真っ暗な時間帯であることが看過されていたようである。

仮に視覚的に明るくなる頃なら、わざわざ聴覚的に時間を認識することなど不必要のはずである。それにもかかわらず、聴覚や嗅覚が機能していることをどのように考えればいいのだろうか。本書はそういった反省の上に立って再検討したものである。もちろん「後朝の別れ」をすべて真っ暗な中で行われたと主張したいわけではない。夜明け前の薄明るい頃に行われることがあってもかまわない。私自身、「暁の別れ」をすべて暗い時間帯で矛盾なく解釈できるとは思っていない。しかし、それでも大半の場面は暗い時間帯とすべきであることを認識していただきたいのだ。

実は聴覚や嗅覚の重要性は、既に『「垣間見」る源氏物語』（笠間書院）の「若紫巻の「垣間見」」や「「垣間見」る薫」の中で指摘していたことである。しかしながら「垣間見」のみならず、「後朝の別れ」を考える上でも応用可能（有効）だったことにようやく気付いた。そこで「垣間見」論の姉妹編として、聴覚・嗅覚に注目した「後朝（暁）の別れ」論をまとめることにした次第である。私に新しい視点や可能性を示唆して下さった小林氏に心から感謝申し上げたい。

なお語学を専門とする小林論では、日付変更時点（午前三時）としての「暁」で象徴されるように、時刻そのものの特定・ずれの修正・それに伴う再解釈に重点が置かれている。それに対して文学専門の私は、小林氏の御論に依拠・便乗しつつも、むしろその時刻に繰り広げられている「後朝の別れ」の描写・展開をどのように文学的に深読みできるか、ということに主眼を置いている。そこから今まで気づかずに見過ごしてきた多くのことを明らかにしたつもりである。

要は偏《かたよ》った解釈では、後朝論の進展につながらないということである（常識の落とし穴）。そういったことを意識したことにより、どれだけ『源氏物語』の読みを深めることができているのか、是非本書をお読みになってみなさんに判断していただきたい。

I◉——後朝の風景

第一章　後朝の時間帯「夜深《よふか》し」

1　問題提起　小松論について

「夜深《よぶか》し」という語に関しては、その示す時間帯が幅広い（深夜を中心に宵過ぎから夜明け前まで）ということで、これまで注目されることはほとんどなかった。わずかに小松光三氏が、『堤中納言物語』中の『花桜折る少将』の冒頭部、

月にはかられて、夜深く起きにけるも、思ふらむところいとほしけれど、たち帰らむも遠きほどなれば、（新編全集本387頁）

の「夜深し」に注目され、あわせて『源氏物語』の用例などを考察された上で、夜明け近くに起き、女のもとを去っていく少将の行動を、異常に早いという意味合いを込めて表した表現である。

と定義（限定解釈）されている程度である。▼注[1] 小松論は、従来の「深夜」という固定観念を打破して、暁を超えた時点に設定された点、研究の進展として高く評価される。ただし小松氏は「夜明け近く」

を「夜明け間近」と言い換えているものの、具体的に「夜明け」のどれくらい前なのかは判然としない（あるいは明確にされていない点が重要か）。

『花桜折る少将』の本文には、「月にはかられて」（月の明るさに騙《だま》され、夜明けと錯覚して）とあるのだから、小松氏の言う「夜明け近く」は、月の明るさに匹敵するほどには明るくなっている（薄明るい）と解釈していいことになりそうだ。なるほど視覚的に薄明るいというのは、当時の人々がもっとも簡単に時刻を知る方法であろう。しかし既に薄明るいのであれば、夜明けになってから帰るのと時間的にさほど変わらないように思える。その時刻ではむしろ普通か遅いくらいであろうから、小松氏の言われる「異常に早い」というニュアンスはどうしても感じ取れない。

どうやら小松氏は、「明く」を単純に「夜が明ける」と解釈され、男は夜明けになると（夜が明けると）女のもとを去るということを前提として立論されているようである。だからこそ視覚的な明るさが原則になっているのではないだろうか。それに対して新しく小林賢章氏の一連の研究が提示された▼注[2]。小林論では、日付変更時点が丑の刻と寅の刻の間にあることを前提として、男は日付が翌日になる寅の刻（午前三時）になると女のもとから帰らなければならなかったと主張している。その時刻は、ちょうど「暁」の始まり（暁方）であった。この小林論に従えば、男が帰る時間帯は従来の視覚的な夜明け近くから、暦法《れきほう》的な暁（寅の刻）へと二時間以上遡ることになる。

もちろん「暁」は、午前三時以降の時間帯を指しているのだから、季節によっては小松氏の「夜明け近く」も暁の後半に含まれる（重なる）可能性がある。しかし「異常に早く」帰るという意味では、暁の前半あるいは暁以前の方がふさわしいはずである（視覚的に明るくなるのは「あけぼの」の時間帯）。

これに関して小林氏は、新著（『「暁」の謎を解く』角川選書）において、暁の終わりを従来の「日の出前」から「午前五時」に修正することで、かなり限定的に解釈されている。始まりは同じでも、終わりが「日の出前」か「午前五時」かではかなり違ってくる。特に夏と冬とでは、暁の終わりが薄明るいか暗いかという違いが明瞭に生じてくる。小林氏は前著では定時法と自然時法を混ぜて説明していたわけだが、それを純粋に定時法で揃えたわけである。

ここであらためて『花桜折る少将』の本文を確認してみたい。帰宅の途中で桜の美しく咲いている家を垣間見た少将は、「やうやう明くれば、帰りたまひぬ」（389頁）と邸に帰っている。「やうやう」と修飾されている「明く」こそは視覚的な夜明けであろう。これについて新編全集の頭注二五には、「さきの夜深い様、ここの夜明け、次の「日さしあがる」朝と、時間が推移する」というコメントが施されている。その中間に、「たち帰らむも遠きほどなれば」という少将の心情吐露があり、続いて桜の咲く邸で「立ちやすら」い、「ここかしこのぞ」き、その家の下人に女主人の安否を問い、さらにあらためて物詣でに出かける一行を垣間見ているのだから、この間にかなりの時間が経過していると読める。

また帰宅した少将は、女のもとに手紙（後朝の文）を書いているが、その文面には、

いみじう深うはべりつるも、ことわりなるべき御気色《みけしき》に、出ではべりぬるは、つらさもいかばかり。（390頁）

と記されていた。「いみじう深うはべりつる」は、前述の「夜深く起きにける」とほぼ同義であろう。そうなると、これはかなり早い時間に女のもとから退出したことについての弁解と読むべきではないだろうか。それは「夜明け前」ではあるまい。

2　辞書的意味の検討

試みに小学館の『古語大辞典』の「夜深し」を参照したところ、必ずしも明確な規定はなされておらず、

①夜のけはいがじゅうぶんに残っているさま。夜明けにはまだ間があるさま。
②夜がすっかり更けている。夜も遅くなっている。

と二つに分けて説明されていた。どうして二つに分けられているのかわかりにくいが、それについては「語誌」で言及されているので、それもあげておこう。

夜のけはいが深いの意であるが、明け方からみてまだ夜が深いの意の例が主で、夕方から考えて夜がすっかり深くなったの意の例は少ない。「まだ」という副詞を冠した場合の多いことも、前者の意の強いことを思わせる。後者のような場合は、一般に「夜更く」という動詞で表すようで、②の例も「出で入り」の「出で」に重点があるとみれば、①の意とも解せられる。［山口佳紀］

「夜深し」の意味は、①明け方から見るか、②夕方から見るかで二分されるとのことである。用例

としては明け方から遡ってまだ夜深いという意味が多いが、夕顔巻の例に「出で入り」とあり、帰るだけでなく通ってくる時も含まれているので、②の意味を出さざるをえなかったということらしい。また単に深夜というだけなら、「夜更く」という動詞が相応しいとのことである。その「出で入り」にしても、「出で」に重点を置けば例外と考えなくてもよい（要するに②は不要）とコメントされている。案外ややこしいデリケートな問題を内包しているようである。

これを小松説と比較すると、夜明けから見てまだ夜深いというのであれば、「夜明け近く」と同義とは考えにくいことになる。どうやら「深く」の解釈が夜明けに近いのか遠いのか、そのベクトルが正反対になっているようである。なお小学館『古語大辞典』では、①の用例として『伊勢物語』と『源氏物語』の例が一例ずつあげられているので、その例を検討しておこう。

・いかでかは鳥の鳴くらむ人知れず思ふ心はまだ夜深きに（五三段）

・立ち給ふ暁は夜深く出で給ふ。（明石巻）

『伊勢物語』には「まだ夜深き」と「まだ」が冠されており、「語誌」の説く「「まだ」という副詞を冠した場合の多いこと」の適例となっている。「鳥の鳴く」とはいわゆる「鶏鳴」と思われる。当時、一番鶏の鳴き声は暁の始まりを示すものであり、必然的に男が女のもとを去る時間の到来を聴覚的に知る一つの有効な方法であった。この場合、「思ふ心はまだ夜深」いのに鳥が鳴いたというのだから、心理的な名残惜しさからの発言であるにせよ、「夜深き」は「鶏鳴」以前（まだ帰る時間ではない）を指していることになる。もちろん鶏がいつもより早く鳴いた可能性もある。

それに対して明石巻は、「立ち給ふ暁は夜深く出で給ふ」とあるのだから、「暁」と「夜深し」が重なっているように読める。ここは光源氏が明石を出立して都へ帰還する場面だが、本文に、

1立ちたまふ暁は、夜深く出でたまひて、御迎への人々も騒がしければ、心も空なれど、人間《ひとま》をはからひて、（明石巻267頁）

とあるように、通っていた明石の君の岡辺の家を「夜深く」出て自らの邸に戻り、都から迎えに来た人々と応対していた。この「立ちたまふ」は、私的に明石の君のもとから帰る意ではなく、もっと公的な都へ出立する当日のことであるから、それを踏まえて「暁」以前に明石の君のもとを去って自邸に戻ったという解釈もできなくはない。これに従えば「夜深し」は暁以前となるが、それでも夜明けの随分前であることに変わりはあるまい。

興味深いことに、明石の君との別れが迫った頃の記述に、

明後日《あさて》ばかりになりて、例のやうにいたくも更かさで渡りたまへり。さやかにもまだ見たまはぬ容貌《かたち》など、いとよしよししう気高きさまして、めざましうもありけるかなと見棄てがたく口惜しう思さる。（同264頁）

と見えている。「例のやうに」とあるので、これまではいつも夜が更けて（子の刻以降）から明石の君のところに通っていたのに、その夜は早いうちにお越しになったというのである。なるほど最初の訪れからして「夜更かして出でたまふ」（同255頁）とあった。この「出で」は帰るのではなく、源氏が邸を出る意味である。新編全集の頭注二〇には、「都への聞えや良清の思惑をはばかったからであろう」

（同頁）とコメントされている。

人目をはばかって通うとなると、どうしても「夜深き出で入り」にならざるをえまい。ただし夜が更けようが更けまいが夜には違いないのだから、明石の君の容貌がはっきり見えるというのは科学的ではあるまい。これは灯火などによって見ているのではないだろうか。逆にこれまでは夜深く通っていたために、時間的余裕がなくて明石の君の容貌をはっきり確かめていなかったことになる。この時点で明石の君のすばらしさを源氏に再確認させることは、後の物語展開に必要なのであろう。

以上のことから、『伊勢物語』五三段及び『源氏物語』明石巻の「夜深し」は、到底「夜明け近く」とは解釈できない例であることが判明した。小松論は「夜深し」が必ずしも深夜ではないことを見抜いておられるのだが、「夜明け近く」ではあまりにも極端過ぎるので、本論では「暁のはじめ頃」を提案したい。

3 「夜深し」の広義と狭義

次に『古語大辞典』に②の用例としてあげられている夕顔巻の「出で入り」について検討しておこう。

2いとことさらめきて、御装束《さうぞく》をもやつれたる狩の御衣《おんぞ》を奉り、さまを変へ、顔をもほの見せたまはず、夜深き《よぶか》ほどに、人をしづめて出で入りなどしたまへば、昔ありけん物の変化《へんげ》めきて、うたて思ひ嘆かるれど、（新編全集・夕顔巻153頁）

ここは源氏が正体を隠し、身分をやつして夕顔に通っているところである。「物の変化めきて」とは、三輪山神話や中国の任氏伝が投影されていることを暗示しているのであろう。また「顔をもほの見せたまはず」とあることから、源氏は覆面をして通っていると解釈されている。続く「夜深きほどに、人をしづめて出で入りなどしたまへば」によれば、顔を見られないように用心して行動していることは確かなようである。

問題の夕顔巻の用例について、「源氏物語大成」によって本文異同の有無を確かめてみたところ、青表紙本・別本にこれといった異同はなかった。河内本は「よひあかつきにも人しづまり夜ふかき程に出入給へば」とやや長文になっていたが、「夜深き」はそのままである。河内本だと「宵」に行き「暁」に帰るのだから、「夜深し」はやはり「宵暁」にまたがる広い（暗い）時間帯と考えざるをえまい。同じような例を探したところ、真木柱巻に一例だけ、

宵暁のうち忍びたまへる出で入りも艶にしなしたまへるを、（真木柱巻352頁）

と出ていた。これは髭黒が玉鬘のもとに通う描写である。夕顔巻も「夜深く」ではなく「宵暁」となっているか、あるいはこれが「夜更けて」本文であればすっきりする。▼注[3]

また『伊勢物語』一一〇段の、

それがもとより、「今宵夢になむ見えたまひつる」といへりければ、男

思ひあまりいでにし魂のあるならむ夜ぶかく見えば魂結びせよ（全集本226頁）

もあげておきたい。これなどいつ夢を見たのか、またいつ言ってきたのか不明であるものの、「今宵」

と「夜ぶかく」が対応しているのだから、「夜深し」は「今宵」の時間帯でなければならないことになる。ただしこの場合の「今宵」は「宵」を示しているのではなく、「今夜」の意味であろう。▼注[4]

同様に、もっとも「夜深し」にふさわしいと思われる時間帯として、深夜の例があげられる。有名な『枕草子』一二九段「頭弁の職にまいり給て」には、

> 「夜いたうふけぬ。あす御物忌みなるに、こもるべければ、丑になりなばあしかりなん」とてまいり給ひぬ。つとめて、蔵人所の紙屋紙ひきかさねて、「けふはのこりおほかる心ちなんする。夜をとをして、むかし物語もきこえあかさん、とせしを、庭鳥の声にもよほされてなん」と、いみじう言おほくかき給へる、いとめでたし。御返りに、「いと夜深く侍りける鳥の声は、孟嘗君のにや」ときこえたれば、　（新大系174頁）

とある。「丑になりなばあしかりなん」とあるのだから、行成は丑になる前、つまり子の刻に退出したことになる。▼注[5] まさにそれは深夜（真夜中）であった。男が女のもとを去る合図である一番鶏が鳴くには早すぎるが、だからこそ函谷関の故事（鶏鳴狗盗）が想起されるのであろう。

以上のように「夜深し」の時間帯は、広義では宵から暁までの広い範囲を意味していた。その中心として、子の刻（深夜・夜半）を指す場合もあった。しかしながら本論では日付変更時点を越えた寅の刻の初め頃、言い換えれば「暁」の初めの頃を提案したい。男が女のもとを去る〈後朝の時間帯〉ということでは、狭義的に限定解釈した方がよさそうな場合も少なくないからである。

4 『源氏物語』の「夜深し」

ところで『源氏物語』には、形容詞「夜深し」は三十一例用いられている。[注6] 他に「夜深さ」一例（初音巻）がある。また関連する動詞「夜更かす」は十例認められる（「夜更く」になると四十六例あげられる）。参考までに『古典対照語い表』で「夜深し」を調べてみたところ、『伊勢物語』三例・『古今集』三例・『後撰集』一例・『枕草子』三例・『紫式部日記』一例・『更級日記』四例・『徒然草』二例が掲載されていた。その他、『うつほ物語』一例・『落窪物語』一例・『相模集』一例などが見つかったが、概して用例は多くないようである。むしろ『源氏物語』の用例数だけが突出して多いことになる。

この「夜深し」は歌語としても用いられており、『古今集』の、

玉くしげあけば君が名立ちぬべみ夜深《よぶか》く来しを人見けんかも　（六四二番）

などは、夜が明けるあるいは翌日になる前に夜深く帰る（「来し」は男が帰る意）というのであるから、まさしく①の解釈がふさわしい。また歌語としての用法は、

五月雨にもの思ひをれば時鳥夜深く鳴きていづち行くらむ　（『古今集』一五三番）

をはじめとして、ほととぎすの鳴き声と一緒に詠まれることが多い。[注7] 「夜深し」はほととぎすの鳴く時間帯と重なっているようである。ただし『源氏物語』では若菜下巻で紫の上の詠んだ、

3住の江の松に夜深くおく霜は神のかけたる木綿鬘かも　（若菜下巻173頁）

一首のみであり、和歌としての発展はほとんど認められない。

前述の『古語大辞典』の説明を検討するために、『源氏物語』の「夜深し」で「まだ」を伴う例を探してみたところ、

4父宮の尋ね出でたまへらむも、はしたなうすずろなるべきを、と思し乱るれど、さてはづしてむはいと口惜しかべければ、まだ夜深う出でたまふ。（若紫巻252頁）

5まだ夜深う、一ところ起きたまひて、妻戸押し開けたまへるに、（幻巻543頁）

6有明の月のまだ夜深くさし出づるほどに出で立ちて、（橋姫巻135頁）

7まだ夜深きほどに帰りたまひぬ。（椎本巻183頁）

8まどろむほどなく明かしたまふに、まだ夜深きほどの雪のけはひいと寒げなるに、（総角巻334頁）

の五例が見つかった。6は薫が「まだ夜深き」時間帯に京都を出立して、宇治の八の宮邸に向かっている例である。実際に宇治の垣間見が行われたのは、「見し暁のありさま」（同153頁）と暁の時間帯だった。▼注[8] 宇治までは馬で五時間くらいかかるので、暁の五時間前くらいを「夜深く」と形容していることになる。それはまさに「宵」の時間帯になりそうだ。8は「明かしたまふ」（日付が翌日になる）と「まだ夜深きほど」が連続しているので、暁のはじめ頃でよさそうである。「まだ」のついた例は、必ずしも「夜明け近く」とは解しにくいのではないだろうか。それはさておき「まだ夜深き」という用いられ方は、それほど多いというわけではなかった。

一方、「出づ」と結びついた用例はかなり多い。前掲1・4に加えて、

9まめやかにめざましと思し明かしつつ、例のやうにものたまひまつはさず、夜深う出でたまへば、

この子は、いといとほしくさうざうしと思ふ。（空蝉巻117頁）

10風すこし吹きやみたるに、夜深《よぶか》う出でたまふも事あり顔なりや。（若紫巻245頁）

11幼き人は御殿籠《とのごも》りてなむ。などか、いと夜深うは出でさせたまへる。（若紫巻253頁）

12うちうめかれて、夜深う出でたまひぬ。（末摘花巻284頁）

13静心なくて出でたまひぬ。夜深き暁月夜のえもいはず霧りわたれるに、（賢木巻105頁）

14人みな静まりぬるに、とりわきて語らひたまふ。これによりとまりたまへるなるべし。明けぬれば、夜深う出でたまふに、有明の月いとをかし。（須磨巻167頁）

15みづからも聞こえまほしきを、かきくらす乱り心地ためらひはべるほどに、いと夜深う出でさせたまふなるも、さま変りたる心地のみしはべるかな。（須磨巻168頁）

16その日は女君に御物語のどやかに聞こえ暮らしたまひて、例の夜深く出でたまふ。（須磨巻185頁）

17すきずきしきやうなれば、ゐたまひも明かさで、軒の雫も苦しさに、濡れ濡れ夜深く出でたまひぬ。（螢巻202頁）

18鶏の音待ち出でたまへれば、夜深きもしらず顔に急ぎ出でたまふ。（若菜上巻68頁）

の十二例があげられる（6は「さし出づ」なので除外）。16に「例の」とあることにも注目したい。10に「事あり顔」とあるのは、それがまさしく後朝の時間帯だからであろう。

なお「夜深く出で」た例は、必ずしも女のもとを去るばかりではなく、少納言の乳母《めのと》の11「などか、いと夜深うは出でさせたまへる」という発言からわかるように、源氏が紫の上のもとを訪れている場合にも用いられている。もっともこれは源氏が葵の上のもとを「夜深く出」た結果であった（あるいは非難が込められているのかもしれない）。いずれにせよ女のもとに行く時間帯としては遅いことが窺われる。

ついでながら「月」とともに用いられている例も、6・13・14に加えて、

19いまめかしき御ありさまのほどにあくがれたまうて、夜深き御月めでに、格子も上げられたれば、例の物の怪の入り来たるなめり。（横笛巻361頁）

20月は、夜深うなるままに昼よりもはしたなう澄みのぼりて、（竹河巻97頁）

21夜深き月の明らかにさし出でて、山の端近き心地するに、（椎本巻180頁）

など六例があげられる。月の後半（下旬）に限られるものの、後朝に有明の月は付きものであろう。そのため小松氏も月との結び付きを指摘しておられるが、月明と夜明けの光は紛らわしいので、その点はきちんと区別した方がよさそうである。

5　「夜深く出」でる光源氏

前述の明石の君の例のように、源氏は顔もよく見知っていない女性と関係を結ぶのだから、当然末摘花のような失敗譚も生じるわけである。そこで末摘花巻の例も見ておきたい。末摘花から色よい返事がもらえず、焦《じ》らされた源氏は障子を押し開けて無理矢理に末摘花と契ってしまう。ようやく思い

が叶って末摘花と結ばれた源氏であるが、

12心得ずなまいとほしとおぼゆる御さまなり。何ごとにつけてかは御心のとまらむ、うちうめかれて、夜深う出でたまひぬ。命婦は、いかならむと目覚めて聞き臥せりけれど、知り顔ならじとて、御送りにとも声づくらず。（末摘花巻284頁）

とあるように、結婚第一日目から「夜深く」帰っている。これについて新編全集の頭注一四では、「夜明けにはまだ間があるうちから起き出して帰るのは、心がひかれない証拠」（同頁）とコメントしている。「夜深く」を「夜明けにはまだ間がある」としているのは、明らかに『古語大辞典』の①の解釈である。しかし「夜明けにはまだ間がある」という程度では、愛情の薄さが表出されているようには読めない。

もし愛情の薄さを強調したいのであれば、それこそ暁（翌日）を待たずしてさっさと帰った方が良さそうである。もともと末摘花のもとには、「八月二十余日、宵過ぐるまで待たるる月の心もとなきに」（同279頁）、「いとよきをりかなと思ひて、御消息や聞こえつらむ、例のいと忍びておはしたり」（同頁）と「夜更け」に出立していた。有明の月が「やうやう出で」（同280頁）て到着しているのだから、かなり遅い時間だったことになる。

この「夜深し」の時間帯を考える上で、前述の1以上に次の賢木巻の用例は資料的価値が高い（小林氏もこの例を強調されている）。

13ほどなく明けゆくにやとおぼゆるに、ただここにしも、「宿直奏《とのゐまうし》さぶらふ」と声づくるなり。またこのわたりに隠ろへたる近衛官ぞあるべき、腹ぎたなきかたへの教へおこするぞかし、と大将は聞きたまふ。をかしきものからわづらはし。ここかしこ尋ね歩きて、「寅一つ」と申すなり。女君、

　心からかたがた袖をぬらすかなあくとをしふる声につけても

とのたまふさま、はかなだちていとをかし。

　嘆きつつわがよはかくて過ぐせとや胸のあくべき時ぞともなく

静心なくて出でたまひぬ。夜深き暁月夜のえもいはず霧りわたれるに、いといたうやつれてふるまひなしたまへるしも、似るものなき御ありさまにて、（賢木巻105頁）

これは源氏が朧月夜との密会後、弘徽殿の細殿から退出する場面である。ここには「明けゆく」「宿直奏」「寅一つ」「明く」「夜深き」「暁」といった時刻にかかわる表現が多用されている。「明けゆく」や「明く」からは視覚的な明るさが想定されがちであるが、最大のポイントは「寅一つ」であろう。頭注二八には「今の午前四時ごろ。局に忍んでいた上官を捜しあてて宿直奏をした、その際の言葉。「なり」は伝聞」（同頁）とあって参考になる。ただし「寅一つ」は寅の刻になりたてであるから、午前四時を午前三時と改めたい。

　その時刻に「明けゆく」とあるのだから、夜明けが近いはずはあるまい。また歌に「明くと教ふる」とあることから、「宿直奏」の「寅一つ」という声によって翌日になったことがわかったと詠じているのではないだろうか。そうなるとここは、日付が翌日になったとしか解せないはずである。▼注[9] しかも

その時刻を「夜深き暁」と称しているのであるから、「寅一つ」と「夜深き暁」は同一時間帯（暁のはじめ頃）ということになる。

そのことは『落窪物語』によっても確認できる。継母の四の君を中納言（帥）と再婚させ、そのまま大宰府へ下向させることになるが、出発は「さて、時取りて、あか月にいそぎ立ちて、いとさわがし」（新大系285頁）と暁であった。具体的には「夜ふけてなん母北の方帰りける。とらの時にみなくだりぬ」（287頁）とあることから、暁と寅の刻が同一時間帯であると判断されよう。

もう一例、『大斎院御集』の例を出してみたい。

まことにとらのかひふくほどに、お前にまいりて、かかる事なんさぶらひつると聞こえさすれば、明け方になりぬるかとのたまはすれば、

やすらひて見るほどもなき五月夜をなにをあかすとたたくくひなぞ　（一七一番）

これは一連の水鶏《くいな》歌群の中の一首である。「とらのかひふく」とは、法螺貝《ほらがい》を吹いて寅の刻（午前三時）を告げていることである。あるいはこれが斎院のやり方なのかもしれない。いずれにせよこれが「明け方になりぬるか」という言葉を導いているのであるから、ここも聴覚的な「とらのかひ」によって翌日になったことが示されていることになる。

6　「鶏鳴」と「夜深し」

続いて若菜上巻の重要な例を検討しておこう。

18鶏の音待ち出でたまへれば、夜深きもしらず顔に急ぎ出でたまふ。いといはけなき御ありさまなれば、乳母たち近くさぶらひけり。妻戸押し開けて出でたまふを、見たてまつり送る。明けぐれの空に、雪の光見えておぼつかなし。なごりまでとまれる御匂ひ、「闇はあやなし」と独りごたる。（若菜上巻68頁）

ここは女三の宮と結婚した源氏が、三日目の夜であるにもかかわらず「夜深く」立ち去るところである。頭注一〇には、

女のもとに泊まった男は、一番鶏が鳴いてから、夜が明けぬ前に帰るのが礼儀である。「待ち出で」とあり、実のない新婚の夜を過す源氏は、早く紫の上のところへ帰りたくて、じりじりしていた。（同頁）

とあって大変参考になる。源氏は一番鶏が鳴くのをじっと待っていて、それを聞いた途端待ってましたとばかりに急いで帰ったというのである。「しらず顔」を含めて、ここから女三の宮に対する源氏の愛情の薄さが十分読み取れる。実はこの直前に紫の上のことが、

22夜深き鶏の声の聞こえたるもものあはれなり。（同頁）

とあって、紫の上も源氏の聞いた「夜深き」一番鶏の鳴き声を聞いていたことがわかる。六条院の春の町で鶏を飼っているのかどうかわからないものの、『枕草子』（新大系332頁）でも宮中で鶏が鳴いているので問題あるまい。二人は同時に鶏の声を聞いているのだが、その紫の上が夢に現れたことで、こ

の時源氏はかなり動揺していた。▼注[10]

ここで気になるのは「明けぐれ」を「明け方の薄暗い空」と訳している点である(11)。『古語大辞典』で「明けぐれ」を引くと、「夜明け方の、まだ薄暗い時分。一説に、夜明け前の、ひとしきり暗くなるような時とも」と出ているので、一見問題なさそうに思える。ついでながら『岩波古語辞典』には、

もうすぐ夜明けだと待っているのに、まだ暗い頃。なかなか明けない夜明けを待ち切れなく思う気持から、「惑ふ」「迷ふ」「知らぬ」などと共に使われ、晴れない気分を表すことが多い。

と解説されている。問題は「薄暗い」(＝薄明るい)のか「暗い」のかである。

一番鶏の鳴く頃(鶏鳴)はまだ暗い時刻のはずである。それを待って急いで帰ったのであるから、月でも出ていない限り「薄暗い」という解釈は納得できない。もちろん空が薄明るいのではなく、積もった雪によってぼーっと薄明るいのかもしれない。では見送りの乳母が口にした「闇はあやなし」はどうであろうか。「闇」とある以上は真っ暗でなければ、それこそ引歌の効果が薄れてしまう。いずれにしても「明け方の空が薄暗い」という視覚的な解釈は再考を要すると思われる。▼注[12]

たとえ源氏が女三の宮に魅力を感じていなくても、相手は内親王であるし臣籍降嫁した正妻であるから、疎《おろそ》かに扱えるはずはあるまい。そうすると源氏は夫として最低の礼儀は守ったはずである。それが「鶏の音待ち出でたまへれば」であった。これは「暁」と重なるもので、要するに日付が替わって翌日になったことでもあった。それは同時に寅の刻(午前三時)になったことを意味する。源氏は男が女のもとを去ることが可能なギリギリのエチケットを守るために、翌日になるのをじっと待ち、

鶏の音を合図にさっさと帰ったのである。午前三時を過ぎた頃であるから、当然あたりは真っ暗であった。それが紫の上に対する源氏の誠意だとすれば、女三の宮側からすれば不実の表出でもあったはずである。「夜深し」にはそういった感情が込められていると見たい。

ついでに「鶏鳴」の例として、『伊勢物語』一四段の例もあげておこう。

夜深くいでにければ、女、

夜も明けばきつにはめなでくたかけのまだきに鳴きてせなをやりつる　（全集本146頁）

これも男が「夜深く」帰ったのは、鶏が早く鳴いたからとしている。「夜も明けば」は視覚的な夜明けで良さそうである（今はまだ暗い）。「まだき」が本当に鶏が早く鳴いたのか、それとも女の心情なのかはわからないが、前述の五三段と同様に鶏の鳴き声が男の帰る合図になっていることだけは間違いなさそうである。同様のことは『落窪物語』にも認められる。少将と落窪の姫君の後朝は、

からうして明けにけり。鳥の鳴く声すれば、おとこ君、

君がかく泣き明かすだにかなしきにいとうらめしき鳥の声かな　（新大系28頁）

と記されている。ここも鳥の声が男の帰る合図になっている。ただし「明けにけり」とあっても明るくなるわけではなく、ここは翌日になる（暁になる）ことであろう。

もちろん鶏がいつも定刻に鳴いてくれるとは限るまい。その分アバウトなのかもしれないが、たとえば『後拾遺集』には次のような歌がある。

入道前太政大臣法成寺にて念仏行ひ侍りける頃、後夜の時に逢はんとて近き所に宿りて侍り

けるに、鶏の鳴き侍りければ昔を思出でてよみ侍ける　　井出の尼

いにしへはつらく聞えし鳥の音のうれしきさへぞ物はかなしき　　（一〇一九番）

これは井出の尼（橘三位清子）が入道前太政大臣（藤原道長）に詠みかけた歌である。後夜（午前三時）と鶏の音が対応しており、それを踏まえて「いにしへはつらく聞えし」と詠じている。かつては男女が別れる合図であった鶏鳴が、今は逢う合図になっているからうれしいというのであるから、鶏の鳴き声が後夜と同じ意味（時刻）で用いられたことになる。

あわせて須磨巻の例も詳しく見ておきたい。

14人みな静まりぬるに、とりわきて語らひたまふ。これによりとまりたまへるなるべし。明けぬれば、夜深う出でたまふに、有明の月いとをかし。　　（須磨巻167頁）

ここは源氏が下向前に左大臣邸を訪れ、召人《めしうど》の中納言の君と語らうために一泊し、「夜深く」帰る場面である。「明けぬれば」について頭注二八にはわざわざ、

完了の「ぬ」は、確実に予見できる未来についても用いられる。夜が明けてしまいそうだから。　　（同頁）

と注してある。現代語訳は「夜が明けてしまうので、まだ暗いうちにお出ましになると」となっている。これは「明く」を視覚的に「夜が明ける」と解釈したため、「夜深く」と齟齬《そご》しないように助動詞「ぬ」を未来（確述）の意味にとったのであろう。そんなに苦労しなくても、「明く」を視覚ではなく暦法的に寅の刻になった（翌日になった・女のもとを去る時刻になった）と解釈すれば、何の問題もなくなるので

はないだろうか。幸い新大系の脚注一六にも、「日替りの時刻（寅、一説では丑）を過ぎ、翌朝になったことをいう」（8頁）と記されている。これも「夜明け近く」ではなく、空がまだ暗いからこそ有明の月も印象的に見えるのである。

7 「暁の鐘」と「夜深し」

次の総角巻の例には少々やっかいな問題が孕まれている。

はかなく明け方になりにけり。御供の人々起きて声づくり、馬どものいばゆる音も、旅の宿のあるやうなど人の語る思しやられて、をかしく思さる。（同237頁）

これは薫が大君の寝所に押し入って一夜を共に明かす場面である。「はかなく明け方」とは、薫と大君の実事なき後朝を婉曲に表出したものである。だからここも視覚的な夜明けではなく、翌日になるつまり暁になると解したい。それに連動して供人の「声づくり」について、頭注一七では、

新婚と信じて疑わない従者たちは、寝所の外から咳払いをして、主人の帰宅を促す。（同頁）

と説明している。内実を知らない周囲の者達には、後朝そのものと受け取られていたというわけである。加えてこの後に「暁の別れ」・「鶏も、いづ方にかあらむ、ほのかに音なふ」（239頁）とあるのだから、疑似であるにせよ、男が女のもとを去る暁の時間帯として設定（演出）されていることは間違いあるまい。

それに続いて、

23明くなりゆき、むら鳥の立ちさまよふ羽風近く聞こゆ。夜深き朝の鐘の音かすかに響く。(総角巻238頁)

と「夜深し」が用いられている。「夜深き朝の鐘の音」については新編全集の頭注五に、

「朝の鐘」は、宇治山の阿闍梨の住む寺の鐘であろうか。晨朝《じんじょう》(午前四時ごろ)を知らせる鐘。まだあたりは暗い。(同頁)

と注されている。八月の午前四時であるとすれば、当然まだ暗いはずである。なお晨朝《じんじょう》は卯の刻であるから、ここは午前五時頃と修正したい。この時間になると、あたりは薄明るくなりはじめる。もし「夜深き」を真っ暗としたいのであれば、それより前の後夜(午前三時)の鐘(暁の鐘)の方がふさわしかろう。参考として『紫式部日記』の冒頭部分をあげておこう。

まだ夜ふかきほどの月さしくもり、木の下をぐらきに、「御格子まいりなばや」「女官はいままでさぶらはじ」「蔵人まいれ」などいひしろふ程に、後夜の鉦うちおどろかして、五壇の御修法はじめつ。(新大系253頁)

これによれば「まだ夜ふかき」頃に「後夜の鉦《かね》」が鳴っているのであるから、「夜深し」が後夜の鐘と同時刻(午前三時)という証拠になるのではないだろうか。とはいえ「朝」の鐘とあることで、どうしても視覚的に明るくなったように解釈したくなる。しかしこれは「あした」(明日)であって、やはり翌日になった意味にとれそうである。同様の例として椎本巻の、

鐘の声かすかに響きて、明けぬなりと聞こゆるほどに、人々来て、「この夜半ばかりになむ亡せたまひぬる」と泣く泣く申す。（椎本巻188頁）

が参考になる。ここは八の宮の訃報を聞く場面である。頭注一六には「宇治山の、夜明けを告げる寺鐘であろう」（同187頁）とコメントされているが、これも「明けぬなり」を翌日になったと考えれば、寅の刻に鳴らす後夜の鐘で問題なさそうである。小林氏は、夜半に山寺で亡くなった八の宮の訃報が、午前三時頃に邸に届いたと解しておられる(13)。その方が時間的にスムーズではないだろうか。

ただしこれで総角巻の問題がすべて解決したわけではない。先の本文に続いて、

光見えつる方の障子を押し開けたまひて、空のあはれなるをもろともに見たまふ。女もすこしゐざり出でたまへるに、ほどもなき軒の近さなれば、しのぶの露もやうやう光見えもてゆく。（総角巻237頁）

とあることから、新編全集では「夜明けの光の射してくる方角」「忍ぶ草におく朝露の光もしだいに見えてくる」と現代語訳されている。この部分だけ見ると、むしろ小松説の方がぴったりしているように思える。それに対して小林賢章氏は「「アケガタ」考」の中で、

ここの「光」は、「こはづくり」した家来たちが持つ松明の光でなくてはならない。ここまで、この光を太陽と考えてきたのは、アケガタを日の出前後と漠然と捉えることが、その背景にあったことはまちがいない。（『アカツキの研究 平安人の時間』135頁）

と松明《たいまつ》の光説を主張しておられる。ただし松明だけで「空のあはれなる」や「やうやう光見えもてゆ

く」も説明できるのであろうか。また先に「明《あか》くなりゆき」とあったが、これは「明く」（翌日になる）ではなく「明るくなる」なので、これについてのコメントも必要である。薫の会話の中に「ただかやうに月をも花をも、同じ心にもて遊び」（337頁）とあるので、実際に月が出ていた可能性は高い（八の宮の一周忌は八月二十日頃）。もしそうなら有明の月の光と解釈しても良さそうである。

　ところで薫のような貴人が「夜深く」帰るとなると、お供の者達の動向もそれに連動することになる。前述の夕顔が六条某院で急死した場面において、「夜半、暁といはず御心に従へる者」である惟光が、「今宵しもさぶらはで」（夕顔巻170頁）という失態をしでかしているのもその例である。惟光はいつものように「暁に御迎へに参る」（同165頁）つもりだったのだろうが、その不在の間に夕顔急死事件が勃発してしまったからである。

　事情は異なるが、源氏が空蝉の女房中将の君に、「暁に御迎へにものせよ」（帚木巻100頁）と告げたのも、暁が一般的な男女の別離の時間だからと考えればすっきりする。それに呼応するかのように源氏の供の者達も、

24鶏も鳴きぬ。人々起き出でて、「いといぎたなかりける夜かな」、「御車引き出でよ」など言ふなり。守も出で来て、女など、「御方違へこそ。夜深く急がせたまふべきかな」など言ふもあり。
（帚木巻103頁）

と、「鶏の音」を合図に出立の準備に取りかかっていた。それに対して紀伊守や女房達は、後朝ではなく方違えなのだから、何もそう「夜深く」急いで帰らなくてもいいのにと言っている。これによっ

て逆に普通の男の通いであれば、やはり「鶏鳴」というのが帰る時間の目安になっていることになる。同様の例として前掲18・22もあげられる。

結　「夜深し」は暁の始め頃

以上、小松氏の御論に対する賛意と疑問を出発点として、『源氏物語』の「夜深し」の用例を詳細に再検討してきた。「夜深し」の示す時間帯は広義には宵から暁までを覆《おお》うものなので、小松氏が「夜明け近く」と定義されたことを完全否定することはできない。本論では小林氏の主張されている日付変更時点を切り口にしつつ、「夜深し」の狭義として「明け方」・「暁方」・「暁深し」と同様に、視覚的にまだ暗い「暁のはじめ頃」（午前三時過ぎ）に限定解釈してみた。従来、「明く」は視覚的な呪縛を受けて、明るくなる「夜明け」の意味に解釈されてきたが、本論ではそれよりもかなり時間を遡らせたことになる。

ここで問題にした「暁のはじめ頃」とは、平安時代の通い婚において男が女のもとを去る（去らなければならない）後朝の時間の到来であることを前提としている。当時の人々はその時刻を視覚ではなく、宿直奏（名対面）・寺院の後夜の鐘（暁の鐘）・鶏の鳴き声（鶏鳴）などの聴覚情報で察知していた。▼注［14］そのため「夜深し」は、「暁」「鶏の音」「寅」「鐘の音」「出で」「月（有明の月）」あるいは心情的な「まだ」との結び付きが強かったのである。つまり「夜深し」は客観的な時刻を示す表現であるだけでなく、男女の心情が強く込められている感情表現でもあった。

本論では、『源氏物語』をはじめとする平安朝の恋物語においては、むしろ「暁のはじめ頃」に限定解釈すべき「夜深し」の例が多いことをあらためて提起したい。というよりも「暁のはじめ頃」として読まなければ、別れる男女の緊張感(心情表現)が半減してしまうのではないだろうか。「夜深し」は、『源氏物語』において男女が別れる〈後朝の時間帯〉の基準として、注目すべき重要語だったのである。和歌に用いられている用例にしても、こういった視点から再考してみる必要がありそうだ。▼注[15]

末尾ながら小松氏ならびに小林氏の御学恩に謝意を表したい。

第二章 女性たちへの別れの挨拶——須磨下向へのカウントダウン

1 問題提起

須磨巻の冒頭部を見ると、光源氏が須磨へ下向するに際して、関係の深い女性たちの所への挨拶回りにかなりのスペースが割かれていることに気づく。それは須磨下向という光源氏の政治的な悲劇を、女性たちとの惜別の中で再確認するためでもあろうが、やや冗漫な感も否めない。

そういった描写の中に、奇妙な進行の停滞というか、時間の遡り現象が認められることは、古くから指摘されていることであった。まず出発の日程が、

三月二十日あまりのほどになむ都離れたまひける。（163頁）

と正式に提示され、それに続いて源氏に随行するお供の人選が記された後、再度、

ただいと近う仕うまつり馴れたるかぎり七八人ばかり御供にて、いとかすかに出で立ちたまふ。（同頁）

と出発したことが語られている。これを読んだ読者は、当然この時点で光源氏は須磨へ出発したと思ってしまうに違いない。

ところが物語は、それに続いて唐突に「二三日かねて」と数日前に遡《さかのぼ》って語られているのである。それがわずかの分量であれば、取り立てて問題にすることもないのだが、新編全集の163頁から186頁まで、実に24頁に亘って都での女性たちとの惜別が語られているのであるから、物語の構成としてそのままにはしておけなくなった。そこであらためてこのことについて考察してみた次第である。

2 『源氏物語』の手法としての時間の枠組み

最初に時間の枠組みについてだが、出発日程が明記されたにもかかわらず、過去から出発当日までの物語が回想されるかのように、カウントダウン方式で描かれていることがあげられる。こういった叙述はどうやら須磨巻だけの特徴ではなく、『源氏物語』特有のものとされていることがわかった。例えば藤岡忠美氏「離別の構造」では、須磨巻の贈答歌の多さに加えて、

その離別の場面は、前半部の枠組を設定した中で綿々と語られる。というのは、巻の冒頭で源氏の須磨退去の決意が語られたあと、「三月二十日あまりのほどになむ、都離れたまひける」、「七八人ばかり御供にて、いとかすかに出で立ちたまふ」と、すでに源氏の都を出立したことがはっきりと述べられたのに、そのすぐ後につづけて、「二三日かねて、夜に隠れて大殿に渡りたまへり」と、

「二三日」以前からのことに遡り、離別の場面をあらためてとり出してきて、出立に至るまでの人々の惜別を詳細に描くという方法をとっているのである。（『講座源氏物語の世界三』有斐閣213頁）

と、離別場面の特別な時間の枠組みを分析され、それを描写の方法として論じておられる。それに類することは、池田勉氏「須磨の巻についての覚書」にも、

作者は、「三月二十日あまりのほどに」源氏は都を離れたと簡潔に叙述した後に、さらに筆を改めて、時間的にはさかのぼる形で、都を出で立つその二、三日まえという切迫した日時と期間を設定し、その間に別離の心情のすべてを源氏につくさせようとする。こうした集約的な方法が用いられていることは、巻の前半の部分において、作者が一篇の離別の物語を作成しようとする意図を持っていたことを思わせる。（『源氏物語試論』古川書店268頁）

と述べられていた。ここでも集約的な方法とされている。ではこういったことはいつから言われていたのであろうか。調べてみると、古く清水好子氏「須磨巻冒頭の構成」に、

左大臣訪問、帥宮三位中将来訪の段のあと、引きつづき、花散里紫上藤壺と対面の場面があり、朧月夜尚侍や東宮への消息の往来が綴られ、桐壺院御陵参拝があって、明くれば四日目、その日は女君に御物語のどかに聞え暮し給ひて、例の夜深く出で給ふ。〈中略〉明けはてなばはしたなかるべきにより、いそぎいで給ひぬ。

といよいよ出立することになる。

しかしながら同じ出立の記事は、これより数段前の、須磨巻冒頭に、

三月二十日あまりの程になむ、都はなれ給ひける。〈中略〉人に今としも知らせ給はず、〈中略〉いとかすかにて出で給ふ。

と、もうすでに出ているのであって、ここで同じことがもう一度詳しく繰返されていることになる。これについては、細流抄が、

いとかすかにて出立給　◯かやうにいへども奥には出立給事はあるなり。此筆法あまた所にあり心をつくべし。

と注意している。　　　　　　　　　　　　（『源氏物語論』塙選書231頁）

と説明されていた。しかも清水氏は、『細流抄』という古い注釈書において、既にこのことが「筆法」（方法）として認識されていることも紹介されている。さらにこの特殊な叙述については、

こうした例に対して、玉上琢哉先生は源氏物語はいわゆる黙読のために書かれた文章でなく、耳で聴くべき語られた言葉をうつす形をとっているから、まず事柄の大略を述べ終り、ふたたびもとにもどって細叙するのだと説明される。　　　　　　　　　　　　（同232頁）

と述べられ、それが音読論を主張される玉上説であることを力説しておられる。

そこで玉上氏の『源氏物語評釈』にあたってみたところ、桐壺巻における桐壺更衣の退出場面で玉上氏は、

「しのびてぞいでたまふ」といいながら、ここで「まかでさせたまふ」となる。今の読者には重複と感じられようが、当時の物語にはこういうことは、しばしばある。いちおう決着をさきにいっ

ておいて、さて立ちもどって別の面から詳しく話すのである。物語は耳から聞くものであるから、あまり複雑な話し方だと混雑する恐れがある。それで少しずつまとめて話してゆくのである。

（『源氏物語評釈一』角川書店48頁）

と解説しておられる。これによれば玉上説が出発点ということになりそうだ。ついでながら須磨巻を調べたところ、玉上氏は、

前の段に、三月二十日あまりのころに源氏は都を離れたということが既に述べられていた。ところが、この部分では、ふたたび離京以前に逆もどりする。物語は語られるものであった。耳からはいるものである。目で見るものならば、読み返して記憶をたしかめることもできるけれども、耳からはいるものでは、錯雑した叙述を避けなくては誤解を招く。錯雑した内容を語ろうとする時は、所々で切るがよい。主旨主題をまず語って、そのあとで、立ち戻って事のなりゆきを細叙する。これが混雑させない方法である。

（『源氏物語評釈三』角川書店24頁）

と同様の説明をされていた。どうやら清水氏はここから引用しているようである。

3 出発までに何日かかったか

ところで、引用した清水氏の論の中に「明くれば四日目」とあった。本文には「二三日かねて」と記されているのであるから、四日目というのは出発前に三日経過しているということになる。これに

関して小町谷照彦氏「光源氏須磨流謫と和歌」では、

源氏が須磨へ出立する部分では、作者は源氏の出発を描いてから、ふたたび時間を遡行させて離別の場面を描いている。それは「二三日かねて」とあるが、実際には左大臣邸へ行って中納言の君と一夜を過ごし、翌日は二条院へ一たん戻ってから花散里を訪問して泊り、次の日は藤壺にあってから桐壺帝の陵で夜を明かし、翌朝王命婦と歌を交して二条院へ帰って次の朝早く出発しているから、実際には四晩を費やしていることになる。

（『王朝文学の歌ことば表現』若草書房289頁）

と分析しておられる。これをわかりやすい日程表にあてはめると、

一日、左大臣邸訪問
二日、花散里訪問
三日、桐壺邸陵墓参拝
四日、終日二条院
五日、早朝須磨へ出発

になる。これを見る限り、確かに四晩を費やし五日目に出発している計算になる。

ここで問題にしたいのは、三日目の記述に「明日とての暮には」（38頁）とあったことである。三日目に明日が出発の日としているのだから、五日目に出発したのではここにも時間的な齟齬《そご》が生じてしまうことになろう。

では予定通り四日目に出発した、と読むことはできないのだろうか。そこであらためて出発当日の

時間表現を確認すると、

その日は、女君に御物語のどかに聞こえ暮らしたまひて、例の夜深く出でたまふ。（185頁）

明けはてなばはしたなかるべきにより、急ぎ出でたまひぬ。（186頁）

とあった。ここも「例の夜深く出でたまふ」「急ぎ出でたまひぬ」と、二度も出発したように繰り返されているが、最初の「例の夜深く出でたまふ」は、やはり出発予定であろう。

ここで注目すべきは「夜深く」と「明けはてなば」である。まず「夜深く」であるが、これは左大臣邸に泊まって帰る際にも、

明けぬれば、夜深う出でたまふに、有明の月いとをかし。（167頁）

とあった。この表現の類似には留意したい。一般に「明けはてなば」「明けぬれば」に関しては、視覚的に「夜が明ける」意味にとられることが多いようである。しかしそうなると「夜が明けた」時間のことを「夜深く」（暗い）と言っていることになってしまう。また「夜が明けた」にもかかわらず、「有明の月いとおかし」とあることも、記述として違和感がある。明るくなったら月の光は目立たなくなるからである。

どうやらこれは「明く」を視覚的に「夜が明ける」と解釈していることに原因がありそうだ。この「明く」に関しては、小林賢章氏の一連のご研究▼注[1]が参考になる。要するに「明く」には一般的な「夜が明ける」以外に、もう一つ「翌日になる」という暦の上の意味が存するのである。定時法における日付変更時点は、丑の刻から寅の刻に変わる時であり、現在の時刻では午前三時がそれに当たる。その時

刻では「夜明け」には程遠く、あたりは真っ暗なはずである。

残念なことに、この日付変更説は現在もほとんど採用されていないのだが、かろうじて岩波新大系では、

日替わりの時刻（寅、一説では丑）を過ぎ、翌朝になったことをいう。

と注されている。ここで初めて「明く」を日付変更と注している。仮にこちらの意味で考えると、「明けはてなば」は「午前三時を過ぎてしまうと」という意味に取れる。明けはてたら当然日付が翌日になってしまう。ここに「急ぎ」とあるのは「明けはてる」前、つまりぎりぎりこの日（前日）のうちに出発したと解釈できるのではないだろうか。

もう一つの「夜深く」は、必ずしも特定の時間を指すわけではないが、男女の別れの場面では日付変更時点前後をいうことが多い。[注2] それこそ「暁の別れ」の時間帯である。左大臣邸からの帰りの「明けぬれば」は、既に日付変更時点を越えていると訳せそうだが、助動詞「ぬ」を完了ではなく確述の意味に取れば、「翌日になりそうなので」と解釈することも可能である。同様に「明けはてなば」も、「翌日になってしまうと」と解釈できるのではないだろうか。[注3] それが可能なら、やはりここは五日目に出立したのではなく四日目ぎりぎりに出立したと読めることになる。

4　出発前の分析（その1）

ここであらためて出発までの光源氏の行動を丹念に分析してみたい。最初は、

二三日かねて、夜に隠れて大殿に渡りたまへり。（164頁）

と、亡き葵の上の邸（左大臣邸）を訪問しているところである。これは葵の上が光源氏の正妻だったことを思えば、真っ先に訪問して別れを告げるのも当然であろう。

ただし肝心の葵の上は既に死去しているので、主体の欠落に伴って惜別すべき対象が拡散している。まずは①若君（夕霧）とその②乳母（宰相の君）に会い、続いて③左大臣との対面、そこに④三位中将（昔の頭中将）も加わって宴会となる。そのため時間が経過し、

夜更けぬればとまりたまひて、（167頁）

と、その夜は左大臣邸に泊まることになる。それは必ずしもなりゆきでそうなったのではなさそうだ。というのも続いて、

人よりはこよなう忍び思す中納言の君、いへばえに悲しう思へるさまを、人みな静まりぬるに、とりわきて語らひたまふ。これによりとまりたまへるなるべし。（同頁）

とあることから、源氏宿泊の目的は召人的存在の⑤中納言の君との共寝（別れ）であったことが明かされている。その後すぐに、

明けぬれば、夜深う出でたまふに、有明の月いとをかし。（同頁）

とあり、源氏の帰宅が記されている。しかしながら源氏はすぐには帰っておらず、

隅の高欄におしかかりて、とばかりながめたまふ。中納言の君、見たてまつり送らむとにや、妻

戸おし開けてゐたり。（168頁）

と、中納言との後朝の別れを惜しんでいる。それはあくまで中納言との私的な別れであるが、それだけでなくパフォーマンスとしては左大臣邸全体との別れをも象徴していた。ある意味中納言の君は葵の上の代理なのである。だからこそ葵の上の母⑥大宮は宰相の君（乳母）を通して、

いと夜深う出でさせたまふなるも、さま変りたる心地のみしはべるかな。（同頁）

と消息しているのだ。葵の上は源氏の正妻であるから、慌てて夜深く帰る必要などなかったのである。そういった男女の後朝の延長として、源氏は宰相の君（乳母）にも、

暁の別れは、かうのみや心づくしなる。思ひ知りたまへる人もあらむかし。（同頁）

と戯れかかっている。ここは悲しい別れではなく、擬似後朝のように演出されているのであろう。

そして帰途に付いた源氏の姿は、

出でたまふほどを、人々のぞきて見たてまつる。入り方の月いと明きに、いとどなまめかしうきよらにて、ものを思いたるさま、虎、狼だに泣きぬべし。（169頁）

と、女房たちによって覗かれ、月光の中で絶賛されている。須磨流謫を前にした光源氏のみじめさはストレートには描かれず、あくまで美しい光源氏の姿が印象的に描かれているのである。これこそが『源氏物語』特有の美的描写ではないだろうか。いずれにしても左大臣家では六人の人物と別れを惜しんでいることがわかる。

その後、「殿におはしたれば」（170頁）とあるので、光源氏は紫の上の待つ二条院に戻ったことがわ

かる。源氏は昨夜寂しい独り寝をさせた紫の上を慰めるために、

日たくるまで大殿籠れり。（172頁）

と時間が経過している。それに続いて帥宮《そちのみや》（源氏の弟宮）・三位中将（頭中将）の来訪があり、

親王は、あはれなる御物語聞こえたまひて、暮るるほどに帰りたまひぬ。（174頁）

と日暮れまで光源氏と別れを惜しんで語り合っていた。

その夜の源氏は、紫の上の気持ちを気遣って、

その夜はまた出でたまふものから、いとものうくて、いたう更かしておはしたれば、（同頁）

と、わざと深夜を待って花散里のところを訪問している。左大臣家に比べるとかなり扱いが低い。この花散里は単体の存在ではなく、姉女御と妹が一体化された存在であった。そのため最初に姉（桐壺帝女御）に挨拶し、その後で花散里のいる西面に渡っている。

あはれ添へたる月影のなまめかしうしめやかなるに、うちふるまひたまへるにほひ似るものなくて、いと忍びやかに入りたまへば、すこしゐざり出でて、やがて月を見ておはす。またここに御物語のほどに、明け方近うなりにけり。（175頁）

二人の間にもはや情交はなく、むしろ擬似後朝の別れのように二人で月を眺めて語らっている。来訪した時刻が遅かったこともあり、あっという間に帰る時間が迫っている。「明け方近う」はここも午前三時間近ということである。それに続いて、

鶏もしばしば鳴けば、世につつみて急ぎ出でたまふ。例の、月の入りはつるほど、よそへられて、

あはれなり
（同頁）

と、ここでわざわざ鶏を効果的に鳴かせることによって、いかにも後朝の別れであるかのような雰囲気を醸し出している。鶏鳴はもちろん午前三時になったことを告げるものである。ここではさらに駄目押しのように、

明けぐれのほどに出でたまひぬ。
（176頁）

と繰り返されている。「明けぐれ」を「月の入りはつるほど」と対応させれば、月のない「暁闇」ということになる。ただし日付が二十日ころであれば下弦の有明の月であるから、その時間に月が沈むはずはあるまい。これは「例の」とあることから、源氏の帰りを入る月に喩えた表現であろう。また歌に「しばし曇らむ」とあるように、月が雲隠れして暗いとも考えられる。

5　出発前の分析（その2）

その後、改めて須磨下向の準備のことが語られ、その上で朧月夜との別れが語られる。須磨流謫の原因を作った相手だけに、直接朧月夜を訪問することはなく、手紙のやり取りだけになっている。それに続いて、

明日とての暮には、院の御墓拝みたてまつりたまふとて、北山へ参でたまふ。
（178頁）

とある。「明日とて」とあるので、これが最初の「三月二十日あまり」の前日ということになる。

ちょうど下旬の月なので、

暁かけて月出づるころなれば、まづ入道の宮に参でたまふ。（同頁）

と、まだ月の出ていない夕闇に紛れて藤壺を訪問する。それに続いて、

月待ち出でて出でたまふ。（180頁）

とあり、藤壺のところで遅い月の出を待って、その月影を頼りに桐壺院の御陵へ向かっている。「三月二十日」頃ということで、ここは理に適っている。

ところがこれ以前の月に注目すると、左大臣邸からの帰りの描写には、「入り方の月いと明きに」とあった。また花散里からの帰りの描写には「月の入りはつるほど」と記されていた。三月二十日頃の下弦の月であるから、暁の時間帯に月が沈むはずはあるまい。▼注[4] このあたりの月の描写は、人間の心情に即して描かれており、必ずしも現実的な暦法に適っているわけではなさそうだ。

それに続いて、

明けはつるほどに帰りたまひて、春宮にも御消息聞こえたまふ。（182頁）

と暁に帰宅した後、東宮（後の冷泉帝）へも手紙を送っている。さらに、

その日は、女君に御物語のどかに聞こえ暮らしたまひて、例の夜深く出でたまふ。（185頁）

とあって、出発当日は終日紫の上と過ごし、「夜深く」須磨へ出発している。「例の」という表記に関して頭注一三には、

旅行の出発は夜明け前が普通。（同頁）

と記されている。この「夜明け前」というのは紛らわしいので、ここは「午前三時以前」とした方がわかりやすい。▼注[5] それに続く源氏の言葉に、「月出でにけりな」とある。これが月の出だとすると、前日の「暁かけて月出づるころ」とほぼ一致する。もちろん月の出ではなく、月が出ているのに気づいたと解釈することもできる。

ここでも源氏はすぐには出発しておらず、紫の上との悲しい別れが、

御簾《みす》捲き上げて端に誘ひきこえたまへば、女君泣き沈みたまへる、ためらひてゐざり出でたまへる、月影に、いみじうをかしげにてゐたまへり。(同頁)

とやはり後朝の別れのように描かれ、しかも和歌の贈答までなされている。それを受けてあらためてもう一度、

明けはてなばはしたなかるべきにより、急ぎ出でたまひぬ。(186頁)

と記されている。この「明けはつ」など、一般には夜が明けきって明るくなると解釈されているようだが、「夜深く出でたまふ」と同時刻であれば、やはり午前三時頃でなければなるまい。またこれを翌日にならないうちにとするのであれば、午前三時以前に出発したと解釈すべきであろう。それとも「夜深く出でたまふ」予定だったが、別れに手間取って遅くなったと解すべきだろうか。

それに続いて、

道すがら面影につと添ひて、胸もふたがりながら、御舟に乗りたまひぬ。(同頁)

とあることから、ここに至ってようやく源氏が本当に出発していることがわかる。この時点まで来て、

最初の「三月二十日あまりのほどになむ都離れたまひける」と時間が一致し、いよいよ須磨の物語が始動することになる。

結　午前三時前の出発

以上、須磨巻冒頭部における光源氏の須磨下向に関して、まず重大な出発予定日が提示され、その上であらためて過去に遡って出発に至るまでのカウントダウン的な描写がなされていることを確認してみた。

そのため時間枠に関しての研究史を遡り、古く『細流抄』に重要な言及があること、近代では玉上説が出発点であることを確認した。それに伴い、「二三日」とありながら「五日を費やしている」という小町谷氏の指摘に対しては、「明く」の再検討から、出発が翌朝になってからではなく、その日のうちに行われていると解釈できることを論じた。「明けはつ」については午前五時ではなく午前三時として解釈したが、それが可能ならば「明日とて」つまりその日のうちに（日付を越えず）出発したことになることを論じた。

それを踏まえた上で、あらためて異常なほどに長い別れの場面を一日毎に丁寧に分析すると、光源氏は夜の時間帯しか外出していないこと、それ故に帰り際に男女の後朝に類似した描写が繰り返されていることが解明できた。

須磨下向という悲劇的な別れを前提にして、光源氏と女性たちの別れをいかにも後朝の別れのように描くことにより、かえって惜別の効果を高めているのであろう。『源氏物語』は、こういった細かなところまで配慮された描写になっていることをあらためて確認した次第である。

〔追記〕本論に論文を引用させていただいている小町谷照彦先生が、平成二十六年十月三十一日に胃癌で亡くなられた。まだ七十八歳であった。和歌文学の研究者ということで、私は主に百人一首関係でお世話になったのだが、何一つ御恩返しもできないままになってしまったことが悔やまれてならない。ご冥福をお祈りする。

II◉——音がみちびく別れ——聴覚表現

第三章 人妻と過ごす時——空蝉《うつせみ》物語の「暁」

1 発端

帚木巻でいわゆる「雨夜の品定め」が行われた後、源氏は中の品の女性に異常な関心を示しはじめる。その一人目の女性として登場したのが、人妻の空蝉であった。源氏はたまたま紀伊守邸に方違えした折、「かの中の品にとり出でて言ひし、この並ならむかしと思し出づ」（新編全集空蝉巻94頁）と、早速「雨夜の品定め」を想起して興味を示している。そこで伊予介の後妻となっていた空蝉と一夜の契りを結ぶことになるわけだが、その際、源氏は空蝉から拒まれるというこれまた初体験を味わう。

それを受けて『無名草子』「いみじき女」では、

「空蝉は、源氏にはまことにうち解けず、うち解けたりと、とりどりに人の申すは、いかなることにか」と言ふ人あれば、「帚木といふ名にて、うち解けざりけりとは見えてはべるものを。悪しく心得て、さ申す人々も時々はべるなめり」と言ふ。（新編全集192頁）

と、「うち解けず」説が提示されている。これを空蝉と軒端の荻との囲碁の勝負の垣間見場面の解釈とする説もあるが、▼注[1] 一般には源氏と空蟬の実事の有無とされている。物語にはっきり描かれていないこともあって、その後の注釈の世界では実事の有無が長く論争されてきた。

現在では源氏物語独特の曖昧な描写であることを前提にして、二人が契りを結んでいることは十分読み取れるという解釈が通説になっている。本論ではこれを踏まえて、源氏と空蟬との恋物語の特徴を、あらためて再検討してみた。特に暁の時間帯がここでどのように効果的に用いられているかを丹念に分析することで、物語の読みをさらに深めてみたい。

2　後朝以前

ところで帚木巻の冒頭近くに、

長雨晴れ間なきころ、内裏の御物忌さしつづきて、いとど長居さぶらひたまふを、大殿にはおぼつかなく恨めしく思したれど、（54頁）

とあるように、源氏は内裏の物忌みにかこつけて長逗留（内裏住みの際の居所は桐壺であろう）しており、その間、正妻である葵の上のところへまったく足を向けていないという状況が語られている。

これは大殿（葵の上の父である左大臣）にとって、大きな不安材料であった。そのため父左大臣の意向を受けた息子の頭中将が、監視がてらに「ただこの御宿直所の宮仕をつとめたまふ」（同頁）と、源氏の側に寄り添っている。そこから男性主体の「雨夜の品定め」が展開するわけだが、その翌日、源氏は久しぶりに葵の上のいる左大臣邸を訪れている。▼注[2] 本文には「大殿の御心いとほしければ、まかでたまへり」（91頁）とあり、いかにも源氏の判断で左大臣邸を訪れたように描かれている。しかし頭中将と同行（連行）している点、おそらく頭中将の働きかけが功を奏してのことであろう。

その日、源氏がそのまま左大臣邸に泊まっていれば、空蝉物語が始発することはなかったかもしれない。ところがたまたまその日は左大臣邸が方塞がりの方角だったので、源氏はやむなく別な所に方違えせざるをえないという異常事態が生じた。▼注[3] 自邸である二条院も同じ方向ということで塞がっており、苦肉の策として、

紀伊守にて親しく仕うまつる人の、中川のわたりなる家なむ、このごろ水堰《せ》き入れて、涼しき蔭にはべる。（92頁）

と、唐突に左大臣の家司であろう紀伊守邸が浮上している。これにしても源氏が愛人宅に行ったら困るという配慮があってのことであろう。

それだけでなく、もう一つの偶然とでも言おうか、

伊予守朝臣の家につつしむことはべりて、女房なむまかり移れるころにて、狭き所にはべれば、なめげなることやはべらむ。（93頁）

と、紀伊守の父伊予介の家でも何かの物忌みが生じており、そのために「女房」▼注[4] たちが紀伊守邸に移っていたことが明かされる。しかもここに「なめげなることやはべらむ」と、事件の予兆が記されていることに留意しておきたい。

これで役者は揃ったように思えるが、もう一人の重要人物がまだ紹介されていない。それは空蟬の弟の小君である。源氏は紀伊守のところにも空蟬のところにも、親しくしている女房などいなかったはずである。そのため仲介役としての小君の存在がなければ、空蟬への接近は不可能だったと思われる。

もっとも小君にしても、以前から見知っていたわけではない。この小君とは事件の直前に対面したばかりだったが、それが伏線になっていたのである。というのも皆が寝静まった頃、眠つけない源氏の耳に、

ありつる子の声にて、「ものけたまはる。いづくにおはしますぞ」とかれたる声のをかしきにて言へば、「ここにぞ臥したる。客人は寝たまひぬるか。いかに近からむと思ひつるを、されどけ遠かりけり」と言ふ。(98頁)

という姉弟の会話が聞こえてきたからである。その夜、源氏は寝殿の東面、空蟬は西面にいたので、声が漏れ聞こえたのであろう。ここに「ありつる子の声」とあるが、対面の折に源氏が小君と会話したのかどうか、つまり小君の声を聞き知っていたかどうかは記されていない。なお「かれたる声」というのは変声期の少年の声である。ここは語り手が読者を都合良く誘導しているのかもしれない（「立ち聞き」の効果）。

その小君の「いづくにおはしますぞ」という問いかけに、空蟬が「ここにぞ臥したる」と答えている。どうも小君は、源氏が廂《ひさし》の間で寝ていると思い込んでいるらしい。その言葉を鵜呑みにして、空

蝉も「遠かりけり」と安心している。この間違った情報交換も、密通の伏線になっている。一方、小君への返答で、空蝉がすぐ近くに臥していることを知った源氏は、わずかな聴覚情報を頼りに空蝉のところへ忍び込み、遂に契りを結ぶことになる（小君は都合よく不在？）。会話は小君と空蝉の間で交わされたものだが、それが源氏に聞かれることで、空蝉物語が展開しているのであるから、こういった夜の闇における聴覚情報の重要性・物語効果には十分留意すべきであろう。

もう一つの重要な聴覚情報は、中将の君に関わることであった。小君との会話の後、空蝉は「中将の君はいづくにぞ」（98頁）と、側近の女房の所在を尋ねている。それも源氏はしっかり聞いていた。これがまた伏線となり、空蝉に近づいた際、源氏は「中将召しつればなむ」（99頁）と言語遊戯的に利用している。あなたが近衛の中将である私をお召しになったから来ましたというわけである。ここでは「中将」という呼称の一致がポイントになっているのだが、どうも空蝉との物語は、偶然のみならず言語遊戯によって巧妙に構成されており、反面、真剣味にはやや欠けている感がある。

3　暁の迎え

空蝉を抱いて自らの寝所へ戻ろうとした源氏は、戻る途中で本物の中将の君と出くわした。ただし入浴帰りの中将の君が、どうしてそのコースを通るのかは不可解である。また辺りは真っ暗であるから、源氏にしてもそこで出くわした人が中将の君であることなどわかるはずもあるまい。だからこそ

「求めつる中将だつ人来あひたる」（100頁）と「だつ」が用いられているのである。これも語り手の読者に対する種明かしと思われる。

当の中将の君にしても、相手が源氏だということは咄嗟《とっさ》にはわからないはずだが、源氏の発した「やや」（同頁）という男の声（聴覚）と、「いみじく匂ひ満ちて、顔にもくゆりかかる心地するに思ひよりぬ」（同頁）という嗅覚情報によって、総合的に相手を源氏だと判断している。

しかし身分違いから手が出せずに茫然としている中将の君に向かって、源氏は平然と「暁に御迎へにものせよ」（同頁）と告げている。ここでいう「暁の迎え」とは、一夜を共にした男女が別れる時間のことである。夕顔巻にも、

さぶらひつれど仰せ言もなし、暁に御迎へに参るべきよし申してなん、まかではべりぬる。（165頁）

とある。ただしこれは側近の惟光が、暁に源氏の迎えに参上するということであり、主人の「暁の別れ」が必然的に従者の「暁の迎え」を意味していることになる。普通は帰る男の迎えなのだが、ここでは源氏が中将の君に、暁に空蝉を迎えに来いと言っていることになる。これはかなり特殊なケースであるが、それも身分差故であろう。

ところで暁とは、午前三時から五時までの時間帯のことだが、こういった場合は「暁になったら」という意味のようなので、暁になりたての午前三時（寅の刻）が一つの目安になる。では当時どうやって午前三時になったことを知りえたのか、その詳細は記されていない。夏とはいえまだ真っ暗なはずなので、視覚（外の明るさ）は通用しない。そうなると聴覚に頼ることになるが、果たして物語は「鶏

鳴」という原始的な方法によって暁を知らせている。

例によって肝心なことは省筆され、あっという間に逢瀬の時間が経過する。

鶏も鳴きぬ。人々起き出でて、「いといぎたなかりける夜かな」、「御車引き出でよ」など言ふなり。守も出で来て、女などの、「御方違へこそ。夜深く急がせたまふべきかは」など言ふもあり。

（帚木巻103頁）

当時、家々で鶏を飼育していたのかどうかもわからないが、一般的に「鶏鳴」がもっともポピュラーな暁（翌日になったこと）を知る方法だったようである。ただし鶏がどの程度正確に暁を告げるのかはわからない。そういった不確かな鶏鳴によって暁の到来を知るというのであれば、それは不定時法にも近いことになる。そのことはさておき源氏の従者達は、鶏鳴を聞くとすぐに起きて帰り支度を始めているので、間違いなく鶏鳴が帰る時間の合図になっていることがわかる。▼注[5] しかも「いといぎたなかりける夜かな」とあることで、実際にはいつもより遅い時間になっていると思われる。

この従者たちの会話は、もちろん近くにいる源氏の耳にも聞こえていた。それは「言ふなり」の「なり」（推量）によってわかる。というよりも従者達は、恐らく源氏に聞こえるように会話することで、婉曲的に源氏に時間を知らせ、出立を促していると読みたい。新編全集では「いぎたなし」の注として、「この語で、昨夜の情事の秘密は保たれたとの印象を読者に抱かせる」（103頁）と記されている。これもすごい深読みである。ただし従者の言葉をそのまま素直に受け取っていいのかどうか、見解の分かれるところであろう。

本来なら従者の代表として、ここに乳母子の惟光（腹心の部下）が登場してもよさそうであるが、帚木・空蝉巻にはまだ姿を見せていない（夕顔巻が初出）。この段階では、源氏の特定の従者はまだ設定されていないようである（良清も不在）。いずれにせよ外側（簀子）の従者たちと内側の源氏は、このように聴覚を通して連絡を取り合っていた（腹を探り合っていた）わけである。そしてまた奥（母屋）の障子口には、約束通り中将の君が控えていた。

なお「鶏鳴」は源氏一行のみならず、当然紀伊守邸の住人にも聞こえていたはずである。それを受けた女房の「御方違へにこそ。夜深く急がせたまふべきかは」という発言から、一般例として後朝ならともかく、方違えの場合はそう急いで「夜深く」帰る必要はないことがうかがえる（早々と帰るのは接待が悪かったと見られかねない）。しかし皮肉なことに源氏は、まさしく空蝉との後朝を迎えていたのである。女房はそれに全く気付かないまま発言しているわけだが、もちろんこれは秘密を知る中将の君とは別の女房の発言であろう。

4　曙の源氏

さて、これからが源氏の真骨頂となる。昨晩「暁に御迎へにものせよ」と告げられた中将の君は、その言葉通り空蝉を迎えにきていた。「奥の中将も出でて、いと苦しがれば、ゆるしたまひても、また引きとどめたまひつつ」（103頁）とあることで、中将の君が何らかの合図を送って空蝉引き渡しを促していることがわかる。それにもかかわらず、源氏が躊躇してなかなか放してくれないから「苦しが」っているのであろう。

そうこうするうちに、夏の短夜はどんどん明けていく。源氏の決断を催促するかのように、鶏が別れの時刻を繰り返し告げる。

鳥もしばしば鳴くに、心あわたたしくて、
つれなきを恨みもはてぬしののめにとりあへぬまでおどろかすらむ
女、身のありさまを思ふに、いとつきなくまばゆき心地して、めでたき御もてなしも何ともおぼえず、常はいとすくすくしく心づきなしと思ひあなづる伊予の方のみ思ひやられて、夢にや見ゆらむとそら恐ろしくつつまし。
身のうさを嘆くにあかで明くる夜はとりかさねてぞ音もなかれける
ことと明くなれば、障子口まで送りたまふ。内も外も人騒がしければ、引き立てて別れたまふほど、心細く、隔つる関と見えたり。（104頁）

しばしば鳴く鶏は中将の分身とも読める。しかし源氏は決して慌てて別れることはしていない。その場で空蝉と歌を取り交わしているのは、気楽に歌のやりとりができない二人の関係だからだろうか。源氏の贈歌に「しののめ」とあることで、最初の鶏鳴からかなり時間が経過し、既に辺りが明るくなり初めていることが察せられる（部屋の中は暗いはずだが）。またここで空蝉を「女」と表記しているのは、そこに昨夜の情事が暗示されていると見たい。その空蝉の答歌の「明くる夜」にしても、「鳥もしばしば鳴く」を踏まえてのことだから、ここは「明るくなる」意で問題あるまい。その直後に「ことと明くなれば」とあるのも参考になる。

そういった一連の別れの儀式を済ませた後で、源氏は空蝉を障子口まで送り、中将の君に委ねて襖を閉めたのである。ここで言語遊戯的な「中将」間のバトンタッチが再び行われたことになる。すべてを察している中将の君だが、この後空蝉との間でどんな会話が交わされたのかは描かれていない。

さて空蝉と別れた源氏は、「御直衣などを着たまひて、南の高欄にしばしうちながめたまふ」（同頁）と、脱いでいた衣装を身につけている（一人でも着付けができたのだろうか）。しかしその後さっさと帰ったりはせず、空蝉との昨夜の余韻を咀嚼《そしゃく》するかのように、高欄の横でしばし佇《たたず》んでいる。その源氏に有明の月が弱い光を注いでいた。

月は有明にて光をさまれるものから、かげさやかに見えて、なかなかをかしきあけぼのなり。（同頁）

この場合、月の光が「をさまれる」とあるのは、月が霞んでいるのではなく、曙の時間ということで既に辺りが明るくなってきており、そのため月の光が相対的に弱くなっているのである。なお歌では「しののめ」とあったが、ここは「あけぼの」になっている。当時、曙の美はまだ確立していなかった（非歌語）。『枕草子』でさえ、冒頭の「春はあけぼの」以外に用例は見当たらない。▼注[6] しかもここは春ならぬ夏の曙であるから、「なかなかおかしきあけぼの」という逆説的な奇妙な言い回しになっているのであろう。要するに本来の曙は、そんなに風流な時間帯ではなかったと思われる。しかしながらここでは、有明の月以上に美しい源氏の姿こそが重要であった。

事情を知らない紀伊守邸の好き者の女房たちは、「西面の格子をそそき上げて、人々のぞくべかめる」（104頁）と、大急ぎで格子を上げて源氏の姿を覗いていた。恐らく源氏の耳にも格子を上げる音が聞こえたであろうから、源氏は女房達から覗かれることを十分自覚していたに違いない。これは先の「昼ならましかば、のぞきて見たてまつりてまし」（98頁）・「夜深く急がせたまふべきかは」（103頁）とあったことを受けての源氏のパフォーマンス（サービス）なのかもしれない。そのことが「べかめる」という推量で暗示されている。曙そのものは必ずしも美的なものではなかったが、ここでは美しい源氏の存在によって、曙までもが美化されているのである。

そういった源氏の振舞いについて、新編全集の頭注には「優艶な後朝の情景」・「簀子《すのこ》に佇んで眺める源氏の姿は、物語の場面に普通の類型」（105頁）とある。しかし表向きは「後朝」ではあるまい。本来の後朝ならば、男女二人の別れの姿こそが描写されるはずだからである。たとえば夕顔巻の後朝の場面は、

端近き御座所なりければ、遣戸を引き開けて、もろともに見出だしたまふ。ほどなき庭に、されたる呉竹、前栽の露はなほかかる所も同じごときらめきたり。虫の声々乱りがはしく、壁の中のきりぎりすだに間遠に聞きならひたまへる御耳に、さし当てたるやうに鳴き乱るるを、なかなかさま変へて思さるるも、御心ざしひとつの浅からぬに、よろづの罪ゆるさるるなめりかし。

（夕顔巻157頁）

と記されている。夕顔の宿にしても醜悪な環境であったが、源氏の幻想によってそれがプラスに反転している。この場合、二人で「もろともに」外を眺めることが、典型的な後朝の情景である。あるいは『徒然草』三二段に、

よきほどに出で給ひぬれど、なほ事ざま優におぼえて、物のかくれよりしばし見ゐたるに、妻戸をいま少しおしあけて、月見る気色なり。やがてかけこもらましかば、口惜しからまし。（新編全集108頁）

とあるように、見送る女性の優美な振舞いならそれも納得できるが、帰る男の描写というのは異常ではないだろうか。ここでは表面的な源氏の美しさを絶賛しつつも、源氏の内面的な苦悩と対照させている点に留意したい。

5　三度の紀伊守邸来訪

さて、最初の方違《かたたが》えに味をしめた源氏は、早速小君を手懐《てなず》けて空蝉との仲介を依頼し、再び方違えと称して紀伊守《きのかみ》邸を訪れる。

内裏に日数経たまふころ、さるべき方の忌待ち出でたまふ。にはかにまかでたまふまねして、道の程よりおはしましたり。（109頁）

事情を知らない紀伊守は、「遣水の面目とかしこまり喜ぶ」（同頁）と喜んでいる。これに関して新

編全集の頭注では、「源氏は来訪の口上に、前回の折、邸内の遣水が気に入ったからとでも言ったらしい」（同頁）と深読みしている。もちろん源氏の目的は、もう一度空蟬に逢うことであった。しかし空蟬の方は用心して、「渡殿に、中将といひしが局したる隠れに移ろひぬ」（同頁）とさっさと逃げ隠れていた。こうなるとどこを探せばいいのかわからなくなってしまう。やはり側近の女房ならぬ小君では、仲介役として適任ではなかったのだ。[注7] 源氏が本当に空蟬に逢いたいのなら、それこそ手を尽くして中将の君を味方につけるのが最善の策であったろう（藤壺の場合は王命婦を味方にしている）。若い源氏は、まだ側近の女房の重要性を認識できていないのかもしれない。

やむなく源氏は小君と添寝し、男色めいた行為で気を紛らわしている。若くて痩せた小君の身体は、間違いなく空蟬の分身（代償）であった。その後、

まめやかにめざましと思し明かしつつ、例のやうにものたまひまつはさず、夜深う出でたまへば、この子は、いといとほしくさうざうしと思ふ。（空蟬巻117頁）

と翌日になるのを待って、さっさと帰っている。先の例は鶏鳴後、ここは「思し明かし」た後であるから、「夜深し」はともに暁になってからということになる。[注8] ただし今回は女房に姿を見せる（サービスをする）余裕はなく、さっさと帰っている。

そして源氏は、性懲りもなく三回目の紀伊守邸来訪を試みる。その折はお忍びであり、小君の手引きだけが頼りであった。新しい展開として、源氏は空蟬と軒端の荻の囲碁シーンを垣間見ているものの、用心深い空蟬は源氏の侵入を察知して逃げてしまい、源氏は誤って軒端の荻と契ってしまう。こ

の場合、継子の軒端の荻も空蝉の代償（継子虐めの変形）ということになろうか。しかしながら源氏は、間違えて契った軒端の荻に気を遣う事もせず、やはり早めに帰ろうとしている。

そのことは帰りがけに老女に見咎められそうになった場面に、「夜半に、こはなぞと歩かせたまふ」・「暁近き月隈なくさし出でて」（127頁）とあることで察せられる。「暁近き」というのは、まだ暁になる前という意味である（だからまだ「夜半」の時刻）。その時間をどうやって知ったのかは未詳だが、いずれにしても暁前に女の元を去るというのは、恋愛関係にある男としてはルール違反であろう。この冷たい行為だけで、軒端の荻がどれだけ軽く扱われているかがわかるというものである。

また老女の勝手な一人しゃべりの中に、「今宵は上にやさぶらひたまひつる」（128頁）とあるのも参考になる。「今宵」は「今夜」のことであるが、暁以前つまり午前三時前であるから「今夜」なのである。これが午前三時を過ぎると、つまり翌日になると必然的に「昨夜」と言いかえなければならなくなる。その点「暁近き」は暁になる前だから、「今宵」で正解というわけである。[注9]

結局、小君を仲介としての源氏の逢瀬計画は、二回とも不首尾に終わった（三回目はもうない）。

結　暁の重要性

以上、帚木巻における源氏と空蝉の後朝の時間帯に焦点を絞り、その時間の推移をたどってみた。もともと男女は「暁」になると別れなければならなかった。具体的には男が女のもとから帰るのだが、源氏の方違《かたたが》えの折は特殊で、空蝉の方が帰っていた。だからこそ源氏は「暁に御迎へにものせよ」と告げていたのである。

その言葉に従い、中将の君は「暁」に迎えに来た。ただし物語は「暁」とはなく、「鶏も鳴きぬ」と記されている。その鶏の鳴き声に催されて従者たちも帰り支度をしているので、この「鶏鳴」は「暁」と同じ意味で用いられていることになる。従者たちは「暁」の到来をストレートには伝えず、会話や動作によって生じる音（聴覚）を利用して、婉曲的に源氏の帰りを促していたのである。

ただし源氏は、簡単には空蝉と別れなかった。「鳥もしばしば鳴く」まで別れを引き延ばしている。それが空蝉に対する愛情表現でもあったろう。本来の後朝の別れであれば、二人で簀子へ出て、有明の月を眺めながら愛情確認を行うのだが、ここは恋人同士ではなく人妻との不義であり、他人に見られては困る関係なので、異例ではあるが源氏は一人で有明の月を眺めていた。その源氏の内面の複雑な思いとは裏腹に、薄明るい光に照らし出される源氏の姿は、覗き見る女房達によって絶賛されている。

実のところ源氏自身、空蝉の苦悩などほとんど思いやっていなかった。だからこそ再会を期待して、二度三度と紀伊守邸を訪れているのである。中でも三度目の囲碁シーンの垣間見、それに続く軒端の荻との逢瀬は圧巻であった。さらに老女との危ういニアミスまで用意されていたわけだが、こういったことは正妻葵の上との間では決して味わうことのできない、貴重な源氏の中の品の女性体験ということになる。

以上のように、空蝉物語では、暁の時間が物語展開に効果的に用いられていたのである。

〔追記〕本論で論文を引用させていただいている三角洋一先生が、平成二十八年五月四日に亡くなられた。先生とは若い頃に『住吉物語』の研究で競い合った仲であり、これからも当分は研究仲間としてお付き合いいただけると思っていた矢先だった。あまりにも早い六十八歳での逝去であった。ご冥福をお祈りする。

第四章
庶民生活の騒音――夕顔巻の「暁」

1 問題提起

夕顔巻は『源氏物語』の中でも人気の高い巻の一つである。そこに登場するはかない夕顔も、人気投票では常に上位に位置している。とびきりの美人でもないし、怪死することでさっさと物語から退場するにもかかわらず、である。それは夕顔が男性好みの理想的女性だからであろうか。しかしながら夕顔は、若き光源氏の視点から一方的に描かれており、そのため夕顔の実像とのずれが問題になっている。というのも、肝心の光源氏が夕顔を直視していないからであり、そこには経験不足故の若さが露呈しているようでもある。

言い換えれば夕顔に対する源氏の視点は表層的であり、夕顔の内面まで追求されることはなかった。むしろ源氏は夕顔の虚像を幻視していたとも言える。もちろん夕顔も自己の内面を語ろうとはしない。その源氏の目に読者も同調しており、だからこそ長く誤読が繰り返されてきたのである。そういった夕顔の虚像の仕掛けについては既に詳しく論じたので、▼注[1]本論では五条の宿における八月十五夜の暁場面について、改めて詳しく分析・検討してみたい。
というのも、そこには視覚以上に聴覚的要素が異常なほどに多用されているからである。概して夕顔巻には、空間的身分的なギャップを強調するために聴覚情報が多出しているのであるが、従来の研究ではそのことにほとんど無関心であった。そこで本論では、十五夜場面を俎上《そじょう》にのぼせ、改めて豊富な聴覚情報に注目することで、今まで気付かなかった物語世界を味わってみることにしたい。

2 聴覚情報

さて、五条の夕顔の宿にいる源氏の耳には、普段聞き慣れない音が外部から波のように次々に押し寄せている。それは暗くて視覚が機能しない暗い時間帯だからであるが、さらには隣家と近接した狭い家屋（居住空間）にいるからこそ可能な音であった。まず隣接する家々から会話を交わす下賤な男達の声が聞こえてきた。

暁近くなりにけるなるべし、隣の家々、あやしき賤の男の声々、目覚まし、「あはれ、いと寒しや」、「今年こそなりはひにも頼むところすくなく、田舎の通ひも思ひかけねば、いと心細けれ。北殿こそ、聞きたまふや」など言ひかはすも聞こゆ。（新編全集夕顔巻155頁）

この男達は貴族とは程遠い商売人なのか、暗いうちに暁起きしているようである。「暁」が近いということは、「あやしき賤の男の声々」という聴覚情報からの推察（なるべし）であろう。「田舎の通ひ」

は、有名な『伊勢物語』二三段の「田舎わたらひ」を意識した表現かもしれない。これなど源氏の二条院という広大な居住空間では、決して味わえない珍しい生活音（庶民の声）だったに違いない。だからこそ「あやしき」によって、源氏とは異なる言葉遣いであることが表明されているのである。もちろん夕顔にとっては聞かせたくない恥ずかしい雑音であった。

続いて地響きのように唐臼を踏みならす音が、

ごほごほと鳴神よりもおどろおどろしく、踏みとどろかす唐臼の音も枕上とおぼゆる、あな耳かしがましとこれにぞ思さるる。何の響きとも聞き入れたまはず、いとあやしうめざましき音なひとのみ聞きたまふ。（同156頁）

と「耳かしがまし」く響いてきた。それまでは未経験の雑音を、好き心によって極力プラスに受け止めていた源氏であるが、ここに「めざまし」とあるように、さすがにこの騒音には辟易《へきえき》している。「何の響きとも聞き入れたまはず」とあるのは、夕顔の花と同様に、高貴な源氏は庶民的な唐臼の音をこれまでに聞いたことがなかったからである。これは語り手による一種の種明かしでもあろう。

ここで喧噪《けんそう》はひとまず中休みとなるが、源氏の聴覚的な初体験はさらに、

白栲《しろたへ》の衣うつ砧《きぬた》の音も、かすかに、こなたかなた聞きわたされ、空とぶ雁の声とり集めて忍びがたきこと多かり。（同156頁）

と続く。今度は一転して「砧の音・雁の声」がかすかに聞こえてくる。直前の唐臼は枕上であったが、これはやや隔たっている（遠近法？）。もちろん「白栲の衣」とあっても、色が見えているわけではな

いから、これは単なる修辞にすぎない。砧の音にしても、貴族とは無縁の庶民の音であった。一方の雁の声は、必ずしもここでしか聞けないものではなかろう。

どうやらこの二つは、現実的な音という以上に、『白氏文集』「聞夜砧《やちんをきく》」などの引用と思われる。この漢詩引用によって、物語はかえって現実逃避しているようでもある。これなど聴覚としては「かすか」で弱いように思えるが、何故か源氏の印象は強烈だったらしい。というのも後の回想において、強烈だった唐臼ではなく砧のことだけが、

> 耳かしがましかりし砧の音を思し出づるさへ恋しくて、「正に長き夜」とうち誦じて臥したまへり。（同189頁）

> かの砧の音も、耳につきて聞きにくかりしさへ、恋しう思し出でらるるままに、（末摘花巻277頁）

と想起されているからである。実際に「耳かしがまし」かったのは唐臼の音だったはずだが、ここでは「かすか」だった砧の音に据え直されている。作者のケアレスミスというより、源氏の頭の中で、唐臼と砧の記憶が錯綜しているのではないだろうか。

豊穣な音の連鎖はこれだけに留まらず、続いて、

> 虫の声々乱りがはしく、壁の中のきりぎりすだに間遠に聞きならひたまへる御耳に、さし当てたるやうに鳴き乱るるを、なかなかさま変えて思さるるも、（夕顔巻157頁）

と「乱りがはし」い虫の鳴き声が聞こえている。普通なら虫の声は秋の情趣を感じさせるようなプラスの音であろうが、ここでは耳に近すぎて、逆に騒音（マイナス）となっている。もちろん「壁の中

のきりぎりす」は、『礼記』「月令」「蟋蟀居壁」の引用であった。さらに、

明け方も近うなりにけり。鶏の声などは聞こえで、御岳精進にやあらん、ただ翁びたる声に額づくぞ聞こゆる。起居のけはひたへがたげに行ふ、いとあはれに、朝の露にことならぬ世を、何をむさぼる身の祈りかと聞きたまふ。南無当来導師とぞ拝むなる。（同158頁）

と老人の声と祈りの所作まで聞こえてくる。一般的な「鶏の声（鶏鳴）」であれば、夕顔との後朝にふさわしい風物であろうが、ここ五条の宿では鶏の鳴き声さえ聞こえてこない。▼注[2]というよりあえて聞こえないことを明記した上で、それに代わって御岳精進の翁びた声を源氏に聞かせることによって、「明け方」近いことが推測されている。この「明け方」は前述の「暁近くなりにけるなるべし」とほぼ同時刻であろうから、翌日になる（日付が変わる）の意味であって、あたりはまだ明るくなっていない。▼注[3]

このように五条の宿にいる源氏の耳には、聞き慣れない庶民生活の「乱りがはし」い雑音が、シャワーのように次々に浴びせかけられているのである。これほど過剰な聴覚情報が提供されているのは、源氏物語の中でも非常に珍しいことであった。これは源氏が狭隘《きょうあい》な五条の宿にいるからこそであり、読者は源氏の耳に同調することで、そういった違和感（不協和音）を追体験させられているのである（音のある風景）。同じく都の内とは言いながら、ここで物語が下賤な世界を聴覚的に描出しようとしていることには留意すべきであろう。▼注[4]それこそは中の品以下の生活空間であった。もちろんその音は夕顔側にも聞こえていた。

3　暁の時間帯

聴覚の特徴を詳細に指摘したところで、次に時間の経過を一通り押さえておきたい。その日はちょうど八月十五夜であった。明るい満月の夜であるから、視覚が完全に遮断されているわけではない。ただし、

八月十五夜、隈なき月影、隙多かる板屋残りなく漏り来て、見ならひたまはぬ住まひのさまもめづらしきに、暁近くになりにけるなるべし、（同155頁）

云々とだけあって、例によって肝心の二人の情交については一切省略されている。またせっかくの満月を讃美する描写もなく、「見ならひたまはぬ」「めづらし」などの語によって、源氏の初体験ばかりが強調されている。またさりげなく草子地的に「暁近くになりにけるなるべし」とあることで、そろそろ暁（翌日）になろうとしていることが提示されている。この記述によって源氏が夕顔に夢中になっていること、冷静に判断するゆとりを失っていることが察せられる。

ところで「暁」とは、一夜を共にした男女が別れる時間のことである。具体的には通ってきた男が女のもとを去る時刻である。これ以前に「暁の道をうかがはせ」（同152頁）とあったが、それも源氏が暁になると夕顔の元から去っていたからである。参考までに岩波の『古語辞典』を見ると、

夜が明けようとして、まだ暗いうち。夜を中心にした時間の区分ユフベ→ヨヒ→ヨナカ→アカツキ→アシタの第四番目の名。ヨヒに女の家に通って来て泊まった男が、女の許を離れて自分の家

へ帰る刻限。夜の白んでくる時刻はアケボノという。

と解説されていた。また小学館の『古語大辞典』（コンパクト版）の語誌には、

奈良時代は「あかとき」、平安時代から「あかつき」となる。「明か月」のような俗解が働いたためか。万葉集では、「あかとき」に「暁」「五更」「旭時」「鶏鳴」の文字を当てているが、「五更」は午前三時から五時の間であり、「鶏鳴」は一番鶏の鳴く夜明け前の時刻である。従って、「あかとき」は深更から、夜がほのぼのと明けてくるまでをいったと考えられる。平安時代に入ると「しののめ」「あけぼの」と細分化されてくるが、「あかつき」が夜深い時刻を指したことは、源氏物語に「よひ・あかつき」という言い方が多くみえることや、「夜深きあかつきづくよ」「うばたまのあかつきやみ」などの用例があることからいえる。［高橋圭三］

と出ていた。▼注[5] さらに日付変更時点の重要性を主張されている小林賢章氏は、「アカツキ（暁）は、午前三時（丑の刻と寅の刻の境）の日付変更時点から日の出までを指す」「ココヒ（今夜）、ヨモスガラ（終夜）などは日付変更時点以前を意味する」と限定解釈されており、▼注[6] 大変参考になった。

要するに「暁近く」には、源氏が夕顔の元を去る時間が近づいていることが暗示されているわけである。なお新編全集の訳には「夜明けも近くなった」とあるが、暁の始まり（御前三時）は真っ暗であり、視覚的な「夜明け」にはまだかなり時間がある（本当に明るくなるのは「曙」以降）。ここで源氏は視覚や鐘の音によって時刻を知ったのではなく、前述のように下賤の人々が起き出したことから、暁近くであることを察しているのである（それが正確かどうかは別）。助動詞「べし」がそのことを如実に表して

いた。

その後、源氏は夕顔と一緒に、

端《はし》近き御座所《おましどころ》なりければ、遣戸を引き開けて、もろともに見出だしたまふ。ほどなき庭に、されたる呉竹、前栽《せんざい》の露はなほかかる所も同じごときらめきたり。(同156頁)

と前栽を眺めている。「ほどなき庭」ではあるが、それでも後朝の情景である。新編全集は「もろともに」▼注[7]の頭注一二として、「明け方に恋人どうしで外を眺める情景描写は、物語の常套」と記している。一見するどい指摘のように思えるが、これを鵜呑みにしてはなるまい(実例が示されているわけではない)。第一にまだ「明け方」(夜明け)ではないからである。この後に「明け方も近うなりにけり」(158頁)とあるのだから、まだ明け方近くにもなっていないことは明白である。そのことは新編全集158頁の頭注五に、「前には「暁近く…」(一五五ページ)とあった。「暁」はまだ暗く、「明け方」は空が白んでいる。」と説明してあるのだから、ここはあきらかに誤訳である。あるいは暁を「夜明け」と誤解(限定解釈)しているではないだろうか。

実は源氏が夕顔を遣戸のそばに誘ったのは、必ずしも外の景色を一緒に見たかった(余韻を楽しみたかった)からではあるまい。一夜を共にした男の魂胆は、まだ見ぬ女の顔を視覚的に確かめようとする所作に他なるまい(当時は女の顔を見る前に契りを結ぶのが普通であった)。そのことは末摘花巻に、

からうじて明けぬる気色なれば、格子《かうし》手づから上げたまひて、前の前栽の雪を見たまふ。〈中略〉「をかしきほどの空も見たまへ。つきせぬ御心の隔てこそわりなけれ」と恨みきこえたまふ。

とあることからも察せられる。源氏は自ら格子（一枚格子）をあげて末摘花と一緒に外を眺めようとしており、状況は夕顔の場合と似通っている。源氏が末摘花を誘ったことについて、新編全集の頭注一には「こう言うのは、姫君を奥の部屋から誘い出して、雪明かりでその容姿を見たいから」（同292頁）と記されている。もちろん女の側でも男の顔を見たであろう。

夕顔の場合は決して夜明けの明るさではなく、満月の光で見ようとしているのである。そのため庭の情景が描かれた後に、源氏の眼差《まなざ》しは一方的に夕顔に注がれている。

白き袷《あはせ》、薄色《うすいろ》のなよよかなるを重ねて、はなやかならぬ姿いとらうたげにあえかなる心地して、そこととりたてすぐれたることもなけれども、細やかにたをたをとして、ものうち言ひたるけはひあな心苦しと、ただいとらうたく見ゆ。（夕顔巻157頁）

「白」は間違いなく夕顔の、そして夕顔巻の基調色であった。末尾に「見ゆ」とあるが、肝心の夕顔の顔立ちにはほとんど言及されていないので、必ずしもはっきり見えたわけではなさそうである。「心地」「けはひ」とあるのもその証拠である。しかもここに「ものうち言ひたる」と聴覚情報が含まれていることにも留意したい。「らうたげ」「らうたし」は夕顔に用いられた特徴的な美的形容の一つであるが、やはり抽象的な表現でしかない。そこには多分に源氏の誤解・思い込みも含まれている。それ程に室内は暗かったのである。ここではまだ「夜明け」になっていないことを押さえておきたい。

4　暁の逃避行

前述のように「暁」という時間帯は、男が女の元を去らなければならない時刻であった（暁の別れ）。だから従者達も暁に迎えに来たのである。ただし暁には時間の幅があり、暁になったらさっさと帰るか、ぎりぎりまで帰らないかという二つの展開（選択肢）がある。たとえば末摘花と逢った折は、

何ごとにつけてかは御心のとまらむ、うちうめかれて、夜深う出でたまひぬ。（末摘花巻284頁）

とあって、「夜深い」時間帯にさっさと帰っている。それは必然的に男の愛情のなさの表出でもあった。この「夜深し」はもちろん暗いうちだが、夜中だけではなく暁（翌日）になってすぐという用法もある。反対に「夜明け近く」になって帰るのは、愛情の深さの表れにも思えるが、必ずしもそうとは限らない場合もある。たとえば六条わたりの女性の場合、

つとめて、すこし寝すぐしたまひて、日さし出づるほどに出でたまふ。（夕顔巻142頁）

霧のいと深き朝、いたくそそのかされたまひて、ねぶたげなる気色にうち嘆きつつ出でたまふ。（同147頁）

と朝寝坊して帰っている。しかしこの場合は必ずしも六条わたりの女性への愛情の深さの表出というわけではなく、源氏の演技という側面も存しているようである。

夕顔の場合はもともと「夜深《よぶか》きほどに、人をしづめて出で入りなどしたまへば」（同153頁）とあることから、当初から素性を悟られないように用心して深夜（多くは子の刻以降）に通っていたことがわかる。

この用例をめぐって小学館の『古語大辞典』（コンパクト版）の「夜深し」の語誌には、

夜のけはいが深いの意であるが、明け方からみてまだ夜が深いの意の例が主で、夕方から考えて夜がすっかり深くなったの意の例は少ない。「まだ」という副詞を冠した場合の多いことも、前者の意の強いことを思わせる。後者のような場合は、一般に「夜更（ふ）く」という動詞で表すようで、②（夕顔巻）の例も、「出で入り」の「出で」に重点があるとみれば、①の意とも解せられる。［山口佳紀］

と記されている。明け方から見た「夜深し」の用法が本来的であるが、夕顔巻に「出で入り」（行き来する）とあるので、説明に苦しんでいるようである。▼注[8]

暁が翌日になる時間帯であると見れば、そのなりたての時間帯（暁方）が「夜深し」であった。ここは早めの出立であるが、今までの例とは異なり、源氏が夕顔と別れがたく思って、大胆にも夕顔を外に連れ出そうとしている。

いざ、ただこのわたり近き所に、心やすくて明かさむ。（同157頁）

どうやらこれは予定の行動ではなく、突発的なものだったようである。あるいは外部の騒音に辟易したことが、こういった展開の契機になっているのかもしれない。いずれにしても女性が男性に連れ出されるのは、当時珍しいことであった。▼注[9] 多くの場合、男性の方が女性より身分が高い設定になっている（浮舟や和泉式部がその好例）。用例の少なさからして、この行為は決して物語の「常套」とは言えそうもない。

いさよふ月にゆくりなくあくがれんことを、女は思ひやすらひ、とかくのたまふほど、にはかに雲がくれて、明けゆく空いとをかし。はしたなきほどにならぬさきにと、例の急ぎ出でたまひて、▼注[10]

（同159頁）

一方の夕顔は、源氏に伴われて外出することを躊躇《ちゅうちょ》している。まだお互いの素性も知らぬ二人であった。「明けゆく空」とあるので、ここでもまだ夜は完全に明けきってはいなかった。むしろ満月が急に雲に隠れたことで、あたりはかえって薄暗くなっていたのである。そこで源氏は、

いにしへもかくやは人のまどひけんわがまだ知らぬしののめの道

（同159頁）

と詠じているのである。ここで歌われている「しののめ」とは、真っ暗ではないがまだ明けきっていない時間帯のことである。「曙」とほぼ同じ意味であるが、当時の「曙」は『枕草子』初段で有名になっていたものの、歌語としてはまったく機能していなかった。そのため和歌には「しののめ」が用いられていたのである。ついでながら本文中の「いさよふ月」について、安易に「いざよひの月」と訳している例も認められる。しかしながらここは十五夜の明け方であるから、決して一日後の「十六夜の月」ではなかった。▼注[11] この点、誤解のないようにしていただきたい。

また「あくがる」という語にも留意すべきであろう。というのも六条御息所の生霊《いきりょう》に関連して、「もの思ふ人の魂はげにあくがるるものになむありける」（葵巻40頁）とあるからである。柏木の場合も、「げにあくがるらむ魂や行き通ふらむ」（柏木巻295頁）と記されている。身と心（魂）の遊離は、『源氏物語』の創作と考えられるものである。▼注[12] もっとも夕顔巻の用例は決して遊離魂ではなく、単に家から出るこ

とであるが、夕顔は行く先も知らされていないので躊躇しているのである。結果的には六条某院で物の怪のために死んでしまうのだから、「あくがる」は死を暗示する言葉のようにも思えてしまう。そのことは前述の「雲がくれ」(夕顔巻159頁)からも察せられる。これも用例的には必ずしも人の死を暗示しているとは言えないのだが、ここに限っては夕顔の死を暗示しているように読めてしまうからである(『竹取物語』かぐや姫の引用でもあるか)。

源氏の向かった先は、五条からほど近い六条某院であったので、牛車での移動にたいして時間もかからなかったらしく、「ほのぼのと物見ゆるほどに下りたまひぬめり」(同160頁)と、ここでようやく明るくなりつつあった(それでもまだ完全に明けきってはいない)。「ほのぼのと」は「しののめ」(曙)の時間帯によく用いられる表現である。小学館の『古語大辞典』の語誌には、

「ほのぼのと」が中古ではほとんど例外なく曙の感覚の表現に用いられているのに対して「ほのぼの」にはそれがない。

と説明されている。なるほど先に出ている「寄りてこそそれかとも見めたそかれにほのぼの見つる花の夕顔」(夕顔巻141頁)などは黄昏時の例であった。ここでは「と」の有無によって時間帯を大きく異にしていることになる。

こうして源氏は喧噪の五条から森閑とした六条某院へと愛の逃避行をしたのであるが、その静寂の中で夕顔は物の怪に襲われて急死してしまう。その正体の詮索とは別に、五条の喧噪はむしろ物の怪の出現を阻止《そし》し、夕顔を守護していたのかもしれない。

結　暁の聴覚情報

以上のように、夕顔の五条の宿を聴覚的な見方から分析してみたところ、そこには多種・過剰な音が鳴り響いていたことが明らかになった。その日が十五夜であったにもかかわらず、それを視覚的に有効活用させていないこともわかった。むしろ五条の宿の聞き慣れない生活騒音の中で、源氏は現実と非現実の間を行きつ戻りつしながら、夕顔との愛に耽溺《たんでき》していたのである。

夕顔巻は夕顔の白い花の印象で始まったことで、一見すると視覚重視の物語のようでありながら、実のところ源氏は聴覚情報の洪水の中に身を委ねていたのである。それは必ずしも源氏の聴覚が敏感だったからというのではなく、まさに五条の宿が源氏の日常とは隔たった庶民的な生活環境だったからに他ならない。▼注[13] 空蝉の紀伊守邸もそうだったが、中の品以下の女性を知るということは、必然的にその階層の生活をも体験することになるのである。

夕顔巻においては、視覚のみならず聴覚によって物語が展開しており、だからこそ謎めいた展開になっているのではないだろうか。そうなると読者は、源氏以上に声や音に敏感にならなくてはなるまい。「暁」とはそんな複雑かつ重要な時間帯なのだ。源氏物語はその「暁」を、物語展開の契機として巧妙に用いていたのである。

第五章 大君と中の君を垣間見る薫——橋姫巻の「暁」

1 「垣間見」再考

源氏物語千年紀の折、『源氏物語』における「垣間見」の重要性を再提起するために、『「垣間見」る源氏物語』▼注[1]を出版したが、橋姫巻の垣間見場面の考察が不十分だったことに気が付いた。そこで反省の意味を込めて改めて分析・検討してみたい。

最近、『源氏物語』の研究に源氏絵からのアプローチが盛んに行われている。源氏絵が『源氏物語』の普及に大きな役割を果たしていることは間違いないが、だからといって描かれているものがすべてプラスの資料だとは限るまい。源氏絵には絵師独自の解釈（誤解）が反映している場合も否めないのだから、マイナス面もしっかり把握した上でないと却って混乱が生じかねないのではないだろうか。

そのことの一端は、近世のいわゆる源氏物語画帖の若紫巻において、逃げてそこにいないはずの雀が画中に描かれていることが顕著に示している。これを過去と現在の二つの時間が同一画面に書き込まれているとプラスに解釈するのも結構だが、少なくとも源氏が雀を目にしていないのは明らかであるから、蛇足の感は否めない。しかもそれが強調されたために、絵入版本（ダイジェスト版）の挿絵や「源氏香之図」に継承されてしまい、ついには不在の雀が、若紫巻を代表するシンボルにまで昇華してしまうのだから始末が悪い。▼注［2］そうなると『源氏物語』そのものが歪められることになるからである。

国宝の「源氏物語絵巻」でさえも同様のことが言える。近年、現代の科学技術を総動員しての復元プロジェクトが行われ、剥落した色や模様が鮮やかに蘇った。その復元作業を通して、新たな発見も相次いだ。その一つは、人物の顔や手から硫化水銀（有害物質）反応が出たことである。もともとの顔は鉛白という白粉《おしろい》で塗られていたはずなので、硫化水銀の反応が出ることなど考えられないことであった。そのことから顔の鉛白が剥落してしまった後、何度か絵巻の補修が行われた際、硫化水銀を含む白粉が使用されたことが判明した。橋姫巻に描かれた人物の顔にも、水銀入りの白粉が塗られているとのことである。これは大きな発見であった。

ただし忘れてならないのは、どんなにすぐれた科学をもってしても、全てが解明されるわけではないということである。プラスの効果ばかりを強調するのは、学問として正しいことではあるまい。

2　暁の宇治行

さて本題の垣間見に入ろう。薫が宇治八の宮の邸に近づくと、

近くなるほどに、その琴とも聞きわかれぬ物の音ども、いとすごげに聞こゆ。（橋姫巻137頁）

と琴の音が遠くから聞こえてきた。「物の音ども」とあるので複数の音、つまり合奏であることがわかる。「すごげに」とは形容詞「すごし」(今の「すごい」)に「げ」が結合した形容動詞であるが、『源氏物語』以外にほとんど用例が見られない。この「すごげ」には、プラスとマイナス両方の意味がある。「物寂しい・不気味だ」というマイナスの意味と、「趣がある」というプラスの意味である。新編全集では「ぞっとするほどもの寂しい感じ」(137頁)と注を付けてある。やや曖昧だが、マイナスではなくプラスの音としているのであろう。

ここではまだ視覚が機能しない距離であるから、遠くからかすかに聞こえてきた琴の音が、聴覚によって薫を引き寄せる効果を持っていると読める。その時点では楽器の種類も判別できなかったようだが、「ついでなくて、親王の御琴の音の名高きもえ聞かぬぞかし、よきをりなるべし、と思ひつつ入りたまへば、琵琶の音の響きなりけり」(同頁)と思って邸内に入ったところ、琵琶と箏の琴の音であることが聞き分けられている。ここでは聴覚だけでなく音楽的な素養も重要で、その能力が高ければ、楽器の違いや演奏の上手い下手だけでなく、曲名はもとより誰が演奏しているかまでわかることがある。この時の薫はまだ情報不足で、つまり姉妹の演奏を聴いたことがなかったので、そこまではわかっていない。ただし複数の楽器を聞き分けたのであるから、八の宮以外の奏者つまり姫君との合奏であることは察せられたはずである。▼注[3]

邸に到着すると宿直の男が応対し、八の宮が留守だということを知らされる。これによって薫は、さきほど聞いた琴の音が姫君達の演奏だったことを確認した。そこでチャンスとばかり、姫君達の演奏しているところを垣間見ようと、「あなたの御前は竹の透垣しこめて、みな隔てことなる」（139頁）ところに案内してもらった。戸をすこし押し開けて垣間見た薫の目には、次のような光景が見えている。

月をかしきほどに霧りわたれるをながめて、簾を短く捲き上げて人々ゐたり。簀子に、いと寒げに、身細く萎えばめる童一人、同じさまなる大人などゐたり。（同頁）

従来の垣間見は視覚重視であった。まず「月」に注目していただきたい。夜であるから月がなければ暗くて何も見えない。ただし霧が出ていて月が見えるのだから、これこそ京都らしい気象といえる。それにしても月明かりでの垣間見であるから、そんなにはっきり見えるはずはなかろう。ところが国宝絵巻はまるでライトアップされているかのように明るく描かれているではないか。もちろん薄暗くては絵として機能しないからだろうが、それにしても現実とはかなり乖離《かいり》していることを了解しておきたい。

ところで薫が宇治を尋ねたのは、「秋の末つ方」（135頁）とあるから、九月下旬ということになる。また「有明の月のまだ夜深くさし出づるほどに出で立ちて」（同頁）ともあった。「夜深くさし出づる」のは有明の月であるから、決してまん丸ではなくむしろ半月に近いのではないだろうか。それにもかかわらず国宝絵巻には丸い月が描かれているので、これも本文の忠実な再現ではないことが理解される。

もう一点は垣間見の時間である。従来、この垣間見が何時頃行われたかということには関心がなかったのではないだろうか。単に夜というだけで、その時間について何も考えてこなかった。しかし薫は京都を夜深く出立していたのであるから、馬で宇治に到着するのに数時間を要する。どうやらこの垣間見はかなり夜遅い時間、というよりも夜が明ける前の暗い時間（暁）に行われたようである。

この垣間見の後、薫は弁の尼という老女房と応対するが、その時は「曙のやうやうものの色分かる」（144頁）と記されている（『枕草子』引用か）。その後、宇治を去るに際して「あさぼらけ」（148頁）の和歌を詠じているが、「明うなりゆけば、さすがに直面《ひたおもて》なる心地して」（149頁）とあるので、それでもまだ完全には明るくなっていなかったことがわかる。

京都に戻った薫は、匂宮に宇治の一件を報告するが、そこにも「見し暁のありさま」（153頁）とあった。▼注[4] この垣間見は「暁」に行われていたのであり、それから「暁」→「曙」→「あさぼらけ」と時間が進行していることになる。ただし「あさぼらけ」は歌語であるから、「曙」と同時間であろう。姫君達は暁方に合奏していたのである。だからこそ誰も聞く人はいないだろうと油断したのだろう。橋姫巻の垣間見は尋常でない時間に行われたことを理解しておきたい。

3　月と霧の「垣間見」

次に本文に「簾を短く捲き上げて」とあることに注目したい。もちろん前提として、格子もあげ（上げ・開け）られていた。では具体的に簾はどこまで「短く」巻けばいいのだろうか。どうやらこの解釈が揺れていて、中には上の方まで巻きあげた結果、簾が短くなっていると解釈しているものもある。これについてはかつて松尾聡氏が論じられているのだが、何冊かの本を参照すると、今でも解釈が別れたままになっている。▼注[5] 実はこの「短い」は、現代の意味とは違っているのである。

それを考えるためには、「高い」の反対語を明確にしておく必要がある。一般に「高い」の反対は「低い」だが、なんと『源氏物語』の時代には、「低い」（ひきし）という言葉はまだ使われていなかった。その代わりに用いられていたのが、この「短い」なのである。椎本巻に「高きも短きも、几帳を二間の簾に押し寄せて」（217頁）とあるのが参考になる。つまりこれは「高い」の反対語だから、「簾を低く巻き上げて」という意味になる。要するに簾を上まで巻き上げず、下の低いところで止めているのである。それで月が見えるのであれば、月はかなり低い位置にあったことになりそうだ。ただし薫が京を出立する頃に出た月であるから、実際には天中に近いはずである。

さて垣間見ている薫の目は、約束事として外側から内側へと向けられる。最初は簀子にいる二人、童は女童のことで大人は若人よりは年長の女房のことである。「萎《な》えばめる」とは糊のきいていない衣装のことである。若紫巻の紫の上も「萎えたる着て」（206頁）とあった。これは童だから動きやすい衣装になっているのかもしれないが、一般には経済的に不如意なのでよれよれの衣装を着ていると考えられている。それが「いと寒げに」とも呼応しているのである。姫君の衣装にしても「御衣ども萎えばみて」いた。これは女房達の衣装だけの問題ではなかったのだ。だからこそ奥に引っ込む時も「衣の音もせずいとなよよかに」（140頁）なのである。ただし八の宮の「直衣の萎えばめるを着たまひて」

（123頁）は直衣（もともと萎装束）なので、注意を要する。▼注[6]

それに続いて、

内なる人、一人は柱にすこしゐ隠れて、琵琶を前に置きて、撥を手まさぐりにしつつゐたるに、雲隠れたりつる月のにはかにいと明くさし出でたれば、「扇ならで、これしても月はまねきつべかりけり」とて、さしのぞきたる顔、いみじくらうたげににほひやかなるべし。添ひ臥したる人は、琴の上にかたぶきかかりて、「入る日をかへす撥こそありけれ、さま異にも思ひおよびたまふ御心かな」とて、うち笑ひたるけはひ、いますこし重りかによしづきたり。（140頁）

とある。「内なる人」とは簾の内側、つまり廂の間にいる大君と中の君のことである。外から内へと説明するのが原則であり、ここでは簾を境として外（簀子）と内（廂の間）が区切られていることになる。また前に書かれる人より後の人の方が身分が高く、かつ主役のようである。加えて琴を弾かない女房達と琴を弾く姫君達とに区別されているようでもある。本来ならば着ている衣装にも言及されるのだが、ここでは暗くてよく見えないのか、省略されている。文末に草子地風の「べし」とか「けはひ」とあるので、必ずしも薫の目にはっきり見えているわけではなかった（読者の方が鮮明に見えている）。

ここでは姉妹が月を見るために簾を上げ、端近に出ていることで薫の垣間見も可能となった。さらに隠れていた月が出てきたので、その光で薫にも少しは見えたのだろう。国宝絵巻は静止画面だが、物語は月と霧・雲のダイナミックな動きによって揺れていることを強調しておきたい。▼注[7]

同時に姉妹を垣間見るというパターンは、間違いなく『伊勢物語』初段の昔男が「女はらから」を垣間見る場面を踏まえていると考えられる。『伊勢物語』の場合は姉妹というだけで、二人の違いはまったく問題にされていないので、どっちがどっちかはわからなかった。いわば姉妹は同化していたのである。

橋姫巻でも、薫がどちらの女性に興味を抱いているのか明確ではないし、大君と中の君の区別がきちんとできていたとも思えない。そのためか姉妹の持っている楽器について、古くから二説が対立している。美術史家や歴史学者による絵巻の解説などでは大君が琵琶、中の君が箏の琴になっている場合が多い。それは本文に「姫君に琵琶、若君に箏の琴」(124頁)とあることを根拠としている。ところがその後の国文学研究の進展によって、現在はほぼ中の君が琵琶、大君が箏の琴とされるようになっている。その方が姉妹の性格に一致するからである。[注8]

また描かれる順番に意味があるとすれば、最後に描かれている箏の琴を弾く人がもっとも重要人物ということになる。そのことは薫の耳に「箏の琴、あはれになまめいたる声して」(137頁)と聞こえていたことからも察せられる。「いみじうらうたげ」とは対照的な「いますこし重りかによしづきたり」という形容は、姉の大君にこそふさわしかろう。そうなると箏の琴は、やはり大君でなければならないことになる。まだ自覚していないのかもしれないが、薫は箏の琴を弾いた大君に既に惹かれていたと読めるわけである。一方の中の君は「撥を手まさぐり」にしていたが、この「手まさぐり」は普通「もてあそぶ」とか「いじる」とか訳されている。しかし『源氏物語』においては楽器を爪弾く意味で用いられることが多いので、[注9]ここも演奏の延長線上で考えておきたい(楽器を取り替えた直後という読

み も可能ではある)。

薫は琴の音によって姫君の元へ導かれたわけだが、垣間見場面では既に演奏は終わっていた。代わって薫の耳には姫君達の会話が聞こえている。大君の「うち笑ひたる」声も聞こえているのであろうか。この姉妹の「はかなきことをうちとけのたまひかはしたる」(140頁)様子を立ち聞いた薫は、姫君に惹きつけられることで、道心と恋の宇治十帖が展開することになる。かつて源氏も空蝉と軒端の荻の囲碁場面を垣間見ていたが、その際も「かくうちとけたる人のありさま」とあった。どうも垣間見の約束事として、見る方はうちとけた姿を見ていると信じているようである。この場面がそうだというわけではないが、そこに思い込み(誤解)が存する可能性も忘れてはなるまい。

垣間見のもう一つの約束事は、必ずしもはっきりは見えていないということである。ここも霧がかかっているし、月が出たり出なかったりしているのだから、「霧の深ければ、さやかに見ゆべくもあらず。また、月さし出でなんと思すほどに」(140頁)という状態なのである。もちろん月は意識的に出たり出なかったりしているわけではないが、それがいかにも薫の好奇心をあおる(翻弄する)ような効果を出している。特に中の君など「にはかにいと明くさし出でた」月をさしのぞいたことで、薫に顔を見られている。この「さしのぞく」とは単なる「のぞく」とは違って、御簾から顔を出して見ることである。

なお宇治は霧深いところであった。霧の用例は『源氏物語』の中に全部で六十九例あるが、橋姫巻にはそのうちの十一例も用いられている(最多は夕霧巻の十四例)。そこで上坂信男氏は「小野の霧・宇治の霧」という論文で、橋姫巻は秋を基調に描かれており、その背景に霧がかかっている。その霧は単なる気象現象にとどまらず、そこに住む人の憂鬱《ゆううつ》な「心象風景」であり、また未来の暗示でもあると説かれている。▼注[10] この場合の雲（霧）は、垣間見の効果としても機能していると言えよう。

4 薫の芳香

垣間見の要素として、視角・聴覚だけでなく嗅覚の重要性にも言及しておきたい。宇治に薫が尋ねてきていることがわかった後に、

かく見えやしぬらんとは思しも寄らで、うちとけたりつることどもを聞きやしたまひつらんといといみじく恥づかし。あやしくかうばしく匂ふ風の吹きつるを、思ひがけぬほどなれば、おどろかざりける心おそさよと、心もまどひて恥ぢおはさうず。（141頁）

という大君の反省が記されていることに注目したい。さっき「かうばし」い香りがした時に、それが薫の芳香だと気付かなかった自分の迂闊さを反省しているわけである。これによって大君の嗅覚が機能していたことがわかる（中の君のコメントは一切記されていない）。

この「かうばし」は、現在ではふっくら炊けたご飯とか焼きとうもろこしとか、食欲をそそるものに用いられている。しかしながら『源氏物語』にある二十六例は、すべて薫物の香りに限定されていて、食べ物に関する例はない。原則は焚きしめられた香だが、薫の「かうばし」だけは例外である。とい

うのも薫の場合は体臭であって、決して焚きしめてなどいない（火を使っていない）からである。▼注[11]

その薫の芳香は宇治に到着する前の記述にも、

忍びてと用意したまへるに、隠れなき御匂ひぞ、風に従ひて、主知らぬ香とおどろく寝覚めの家々ありける。（136頁）

と、引歌を交えて滑稽なほどに強調されていた。薫はお忍びで出かけたのであるが、その身体から発せられる芳香が風で運ばれて、寝ている人まで驚いて目を覚ますというのだから、かなり誇張されている。「主知らぬ香」は、『古今集』の「主知らぬ香こそにほへれ秋の野に誰《た》がぬぎかけし藤袴ぞも」（二四一番）を踏まえた引歌である。

薫の身体からは確かに異常な芳香が発せられていた。柏木巻で誕生した時には、芳香についての記述はなかったが、匂宮巻になると唐突に強烈な芳香が付与されている。その匂いは遠くまで漂うので（遠達性）、たとえ薫の姿が見えなくても、香りによって薫が近くにいることがわかるほどである。だから薫は最も垣間見ができにくい人ということになる。宇治の姉妹も油断していなければ、そして「かうばし」い香りにもっと敏感だったら、薫から垣間見られずに済んだかもしれない。

ところが面白いことに、その薫が宇治十帖で四度も垣間見をしているのである。一度目と二度目は宇治の姉妹が対象だった。三度目は浮舟、そして四度目は女一の宮である。なんと薫は宇治十帖のヒロインすべてを一人で垣間見ていることになる。それが薫の主人公性を保証しているわけだが、そうなると大君の反省は二度目の垣間見に役立たなかったことになる。というのも大君は、姉妹の合奏を聞かれたかもしれないと疑ってはいるものの、まさか垣間見られたとは思っていないからである。

ついでながら「源氏物語絵巻」を見ると、絵は透垣によって左右に分断されているように見える。右が垣間見る薫で、左が宇治の姉妹である。ここで右から中央にうっすらと描かれている霞に注目していただきたい。もともと霞は本文とは無縁の周囲をぼかす絵の技法であるが、ここでは薫から宇治の姉妹の方に向かってまっすぐに霞が伸びているように見える。そこで三谷邦明氏は『源氏物語絵巻の謎を読み解く』▼注[12]で、これを薫の芳香が姉妹にまで漂っていることを暗示していると解釈しておられる。なるほどそうも見えるが、それは薫の心の表出でもあろう。

垣間見は「奥の方より「人おはす」と告げきこゆる人やあらん、簾おろしてみな入りぬ」（140頁）と簾が降ろされたことで終了した。そして「ありつる簾の前に歩み出でてついゐたまふ」（141頁）薫の応対に出たのは弁の尼だった。垣間見は見る側と見られる側が入れ替わることも可能である。ここで弁は逆に薫を、

几帳のそばより見れば、曙のやうやうものの色分かるるに、げにやつしたまへると見ゆる狩衣姿のいと濡れしめりたるほど、うたてこの世のほかの匂ひにやと、あやしきまで薫り満ちたり。（144頁）

と垣間見ている（薫は見られていることを承知の上である）。ここは内から外であるし、月のみならず曙光でもあるから、薫の垣間見よりもはっきりと見えているはずである。それにもかかわらず、視覚的な美ではなく香りの方に筆が割《さ》かれているのはやや奇異な感じがする。弁の尼であるから、ストレート

に柏木との容貌の比較がなされてもおかしくないはずだからである。

5　宿直人は薫の分身

薫の香りはこれで解決したわけではない。薫は透垣の元に案内してくれた宿直人が「いと寒げに、いららぎたる顔」(150頁)をしているのを見て、

濡れたる御衣どもは、みなこの人に脱ぎかけたまひて、取りに遣はしたる御直衣に奉りかへつ。(同頁)

と、着ていた狩衣を褒美として気前よく与え、自らは取り寄せた直衣に着替えている。▼注[13] どうも薫の芳香は水分を含むとその強さを増すようで、この時も夜霧に濡れることで芳香がより強まっていたのであろう。▼注[14] 脱いだ衣装をそっくりプレゼントするのだから、宿直人は思いがけない豪華な褒美に預かったわけである(これによって宿直人を味方にしている)。

なお薫はもともと「狩衣」を着用していたのだが、国宝絵巻ではなんと直衣姿で垣間見しており、ここにも絵巻の独自性が表出していることになる。これに関しても直衣に着替えた時間と、垣間見の時間が画中で重ねられているというプラスの解釈がされているが、月の形の違いを含めてマイナス(誤謬)の解釈も否定できまい。もちろんそれはあくまで絵に対する評価であって、決して『源氏物語』そのものを批判しているわけではない。

普通だったらこれで一件落着なのだが、この話には後日談がついていた。

　宿直人、かの御脱ぎ棄ての艶《えん》にいみじき狩の御衣ども、えならぬ白き綾の御衣のなよなよといひ知らず匂へるをうつし着て、身を、はた、えかへぬものなれば、似つかはしからぬ袖の香を人ごとに咎められ、めでらるるなむ、なかなかところせかりける。心にまかせて身をやすくもふるまはれず、いとむくつけきまで人のおどろく匂ひを失ひてばやと思へど、ところせき人の御移り香にて、えも濯《すす》ぎ棄てぬぞ、あまりなるや。（152頁）

「移り香」は『源氏物語』の全十五例中三分の二の十例が宇治十帖に用いられており、やはり宇治十帖のキーワードと考えられている▼注[15]。しかも薫の八例を筆頭に、匂宮（三例）・源氏（二例）と三人の男性に限定的に使い分けられているのである。つまり『源氏物語』では女性の移り香は問題にされておらず、むしろ男性の移り香が女性に付着・感染することが重要なのである▼注[16]。

ここは薫の移り香に染みた衣装からあまりにもいい香りがするものだから、それを貰って着用した宿直人が、会う人ごとに咎められたり褒められたりして、窮屈な思いをすることが滑稽に描かれている。薫の芳香は残香性も異常に強いようである。ただしこの香りが薫の移り香だとわかる人はここにいそうもない。どうも薫の香りは強烈な割には個性というか独自性が薄いようである。

これなどかなり戯画的な展開であるが、しかし必ずしも身分不相応故の顛末というだけではあるまい。薫の衣装を纏《まと》ったこの宿直人は、実は薫の分身（パロディ）としても読めるからである。要するに薫の日常もこの宿直人の繰り返しだったことがここから察せられる。

結　暁の垣間見

以上、橋姫巻の垣間見を詳細に分析してきた。まずその時間が「暁」という特殊な時間帯であることを確認した。その上で有明の月と夜霧（表わすものと隠すもの）が、動的に垣間見の効果をあげていることを明らかにした。聴覚の役割としては、遠くから聞こえてきた琴の音が薫を姫君の元へ誘っていること、垣間見場面では姫君の会話が薫の興味を惹いていることを明らかにした。さらに嗅覚の役割として、垣間見ている薫の香りが姫君達のところまで香っており、それに気付けば垣間見は未然に防げたことを論じた。

薫の身から発せられる「かうばし」い芳香は、プラスにもマイナスにも作用している。薫はその香りが存在証明になっているので、こっそり垣間見ることもできにくい人物だった。しかも宿直人は、薫の衣装を纏っただけで薫の分身になれることも明らかになった。

その薫が最も垣間見る人物となっているのであるから、必然的に垣間見られる側の嗅覚能力が試されることになる。その意味では、宇治十帖のヒロイン達は案外鼻が効かないことになる。また薫の香りについても、具体的にどのようにすばらしのかは説明されていない。だからこそ匂宮との香り競争あるいは匂宮の薫模倣が、宇治十帖の物語展開の重要な要素となりうるのであろう。

第六章

契りなき別れの演出――総角《あげまき》巻の薫と大君

1　薫と大君の疑似後朝《ぎじきぬぎぬ》

このところ「垣間見」論の一環として、視覚とは別に聴覚や嗅覚の重要性を指摘している。▼注[1] その中で、暁における後朝の別れ場面にも、それが有効であることがわかってきた。▼注[2] そこで今回は宇治十帖の中で、総角巻における薫と大君の疑似後朝場面を俎上にのぼせ、あらためて聴覚に注目して再検討してみることにしたい。

問題の箇所は、次のように描写されている。

はかなく明け方になりにけり。御供の人々起きて声づくり、馬どものいばゆる音も、旅の宿のあるやうなど人の語る思しやられて、をかしく思さる。光見えつる方の障子を押し開けたまひて、空のあはれなるをもろともに見たまふ。女もすこしゐざり出でたまへるに、ほどもなき軒の近さなれば、しのぶの露もやうやう光見えもてゆく。かたみに、いと艶なる容貌どもを、「何とはなくて、ただかやうに月をも花をも、同じ心にもて遊び、はかなき世のありさまを聞こえあはせてなむ過ぐさましき」と、いとなつかしきさまして語らひきこえたまへば、やうやう恐ろしさも慰みて、「かういとはしたなからで、物隔ててなど聞こえば、まことにこころの隔てはさらにあるまじくなむ」と答へたまふ。

明くなりゆき、むら鳥の立ちさまよふ羽風近く聞こゆ。夜深き朝の鐘の音かすかに響く。「今だに。いと見苦しきを」と、いとわりなく恥づかしげに思したり。「事あり顔に朝露もえ分けはべるまじ。また、人はいかが押しはかりきこゆべき」（新編全集総角巻238頁）

これは八の宮の一周忌が近づいた八月下旬、薫が大君の居所に押し入って、一夜を共に明かす場面である（ここに中の君は不在）。「はかなく明け方になりにけり」とは、単に時間の経過を示すだけでなく、薫と大君との実事なき後朝を婉曲に表出したものである。

ところで普通「明け方」あるいは「暁」というと、すでに夜が白み始めた頃、つまりあたりが次第に明るくなる夜明け方の時間帯を想像するのではないだろうか。しかし平安時代の後朝の別れは、決して明るくなる夜明け方ではなく、それよりずっと早い真っ暗な時間も含まれていた。

もちろん男女の別れに決まった時刻があるのではない。いわゆる「後朝の別れ」「暁の別れ」とは、日付が翌日になる午前三時から五時までの時間帯の中で行われるものだからである。そのため男が早く帰るのは、愛情の薄さとも受け取られた。場合によっては「夜明け」という解釈でも間違いではないが、もっと暗い頃の方がふさわしいことをまず認識していただきたい。という以上に、真っ暗な時間帯の方がむしろ重要だからである。

この「明け方」という表現にしても、普通には「夜明け」頃、つまり明るくなる頃と思われていないだろうか。ここは必ずしも視覚的に明るくなったのではなく、まだ真っ暗な時でも可能なのである。特に「明け方」とある場合、それは視覚ではなく翌日になった、つまり日付が変わった（丑の刻から寅の刻になった）意味で用いられていることも多いので、ここも暁（午前三時）になったばかりと解したい。この時点が男女の間では非常に大きな境界なのである。

ではその時刻になったことを、薫はどうして知りえたのだろうか（時計はない）。本文では薫の供人が「声づくり」を行っていることが記されている。これは単なる独り言が聞こえたというのではなく、明らかに室内にいる薫に対して外の従者達が日付が変わったこと、すなわち帰京の時刻になったことを「声づくり」して告げていると読みたい。それに連動して、「馬どものいばゆる音」つまり馬のいななきも聞こえてきた。▼注[3] これは従者が馬の準備をしているからである。京の邸と違って狭いので、そういった生活音も聞こえるのだろう。

こういった外部にいる従者の動きについて、新編全集の頭注一七では、

新婚と信じて疑わない従者たちは、寝所の外から咳払いをして、主人の帰宅を促す。（同頁）

と説明している。内実を知らない周囲の者達には、後朝そのものと受け取られていたというわけである。この解釈で良さそうにも思えるが、ではその夜に薫が大君の寝所に侵入したことを、従者はどうやって知りえたのであろうか。あるいはそれ以前から、薫と大君は既に結ばれていたと誤解していたのかもしれない。このあたりがはっきりしないのだが、いずれにしても供人たちは、薫が帰宅するの

にふさわしい時刻を自ら判断し、主人をうながしていることになる。この従者の咳払いによって、薫は聴覚的に別れの時を知ったのである（従者がどうやって時刻を知ったかはわからない）。

2　暁の時間帯

前に引用した本文の少し後に、

「暁の別れや、まだ知らぬことにて、げにまどひぬべきを」と嘆きがちなり。鶏も、いづ方にかあらむ、ほのかに音なふに、京思ひ出でらる。（総角巻239頁）

とある。ここでは「暁の別れ」と表現することで、いかにも男女の後朝であるかのような演出がなされていた（「事あり顔」ともあった）。たとえ実体を伴わない疑似後朝であるにせよ、男が女のもとを去るにふさわしい暁の時間帯が、「鶏鳴」という聴覚的というか原始的な表現で設定（演出）されていることに間違いはあるまい。▼注[4] 従者の声づくりに同調するかのように、鶏も鳴いているのである。鶏は庶民的にも思われるが、どうやら貴族の邸では普通に鶏を飼育していたようである。『枕草子』を見ると宮中にも鶏がいるし、なんと源氏の六条院でも鶏が鳴いていた。鶏は時計替わりになる有用な鳥だったのだ。

前に戻って本文を見てみると、そのすぐ後ろの方に「夜深き朝の鐘の音」と、やはり聴覚情報が記されていた。この「夜深き朝」というのは、表現として奇妙ではないだろうか。視覚的に見れば「朝」

は明るいはずだから、それを「夜深き」で修飾するのはおかしと思われるからである。これについても新編全集の頭注五に、

「朝の鐘」は、宇治山の阿闍梨の住む寺の鐘であろうか。晨朝《じんじょう》（午前四時ごろ）を知らせる鐘。まだあたりは暗い。（同頁）

と注されていた。この時が八月（秋）の午前四時であるとすれば、当然まだ暗いはずである。それなら先の「明くなりゆき」との整合性も説明すべきであろう。なお「晨朝《じんじょう》」は卯の刻であるから、ここは初刻表示で午前五時頃としたいところである。この時間になると、あたりは薄明るくなりはじめる。▼注[5]

「夜深き」は幅があるので、夜明け直前でもいいのだが、もし「夜深き」を真っ暗な頃としたいのであれば、「晨朝」より一つ前の「後夜」（午前三時）の鐘（いわゆる「暁の鐘」）の方がふさわしい。参考として『紫式部日記』の冒頭部分をあげておこう。

まだ夜ふかきほどの月さしくもり、木《こ》の下をぐらきに、「御格子まいりなばや」「女官はいままでさぶらはじ」「蔵人まいれ」などいひしろふ程に、後夜の鉦うちおどろかして、五壇の御修法はじめつ。（新大系253頁）

これによれば、「まだ夜ふかき」頃に「後夜の鉦」が鳴っているのであるから、「夜深し」が後夜の鐘と重なっている（対になっている）ことがわかる。とはいえ「朝」の鐘とあることで、どうしても視覚的に明るくなったように解釈したくなる。しかしこれは「あさ」ではなく「あした」（明日）であっ

て、日付が翌日になった意味にとれば問題あるまい。

ついでながら後の『浜松中納言物語』巻三には、

> 心深うあはれなる御ものがたりに、あかつきがたにもなりぬ。ごやのをこなひも、御堂に入り給ひて、姫君にも、〈中略〉と教へをい給。明けゆくままに、月いよいよすみまさりて、瀧のをとも松風の響も、取りあつめたる心ちするに、（大系本323頁）

と出ている。時刻が「あかつきがた」になったことを受けて、「ごや（後夜）のをこなひ」を始めているのだから、これによって「暁方」と「後夜」が同一時間であることがわかる。ここに聴覚情報は記されていないものの、「後夜」の行いの時間を知らせるために、寺では「後夜の鐘」が鳴らされているはずだから、書かれていなくても聴覚的に「暁方」になったことを知ったと読める。

その後に「明けゆくままに」とあり、かなり時間が経過しているようにも見える。本当の夜明けが近づいているので、時間的な齟齬は一切認められない。しかしその後にある「滝のをと」「松風の響」は聴覚情報である。まして「月いよいよすみまさりて」とあるので、まだ夜明けにはなっていないのではないだろうか。

3 椎本巻の解釈

これに類似した例として椎本巻の、

有明の月のいとはなやかにさし出でて、水の面もさやかに澄みたるを、そなたの蔀上げさせて、見出だしたまへるに、鐘の声かすかに響きて、明けぬなりと聞こゆるほどに、人々来て、「この夜半ばかりになむ亡せたまひぬる」と泣く泣く申す。（椎本巻188頁）

が参考になる。ここは八の宮の訃報を姫君たちが聞く場面である。八の宮は八月二十日ごろに亡くなっているので、有明の月は時宜を得たものであった。ここにある「鐘の声」について、頭注一六には「宇治山の、夜明けを告げる寺鐘であろう」（同187頁）とコメントされている。しかしこれも視覚ではなく聴覚情報であり、それを聞いて「明けぬなり」と翌日になったことを知ったのだから、ここも視覚的に明るくなる夜明けではなく、寅の刻に鳴らす後夜の鐘（聴覚情報）の方がふさわしいのではないだろうか（まだ真っ暗）。

これについて小林賢章氏は、時間的経緯を考慮された上で、

夜半に死んだ父宮の訃報が朝方に伝えられたとしたら、いかにも不自然である。（51頁）

と問題提起され、

眠ることなく、父宮の安否を心配していた姫宮が、父宮のおいでになる山寺の方を見ると、川面を月が照らし、折から鐘の声が聞こえた。その鐘の声は、寅の刻を告げる鐘であったのである。（52頁）

と、夜半に亡くなった八の宮の訃報は、午前三時頃に邸に届いたと解釈すべきことを主張しておられる。▼注[6]その方が距離（近さ）と時間の関係もスムーズではないだろうか。

ただしこれで総角巻の問題がすべて解決したわけではない。少々やっかいな部分が残っている。実は先の本文に続いて、

光見えつる方の障子を押し開けたまひて、空のあはれなるをもろともに見たまふ。女もすこしゐざり出でたまへるに、ほどもなき軒の近さなれば、しのぶの露もやうやう光見えもてゆく。
（総角巻237頁）

とあることから、新編全集では「光見えつる方」を「夜明けの光の射してくる方角」と考え、続く「光見えもてゆく」を「忍ぶ草におく朝露の光もしだいに見えてくる」と現代語訳している。この部分だけ見ると、むしろ「夜明け」頃の方がぴったりしているし、矛盾なく訳せるように思える。冒頭に「はかなく明け方になりにけり」とあって、その後に「鐘の声」や「鶏鳴」が登場しているのだから、聴覚情報以前に「明け方」になったことが唐突に告げられていることになる。だからこそ視覚的な捉え方が優先されるのであろう。

そういった通説に対して小林氏は、

ここの「光」は、「こはづくり」した家来たちが持つ松明《たいまつ》の光でなくてはならない。ここまで、この光を太陽と考えてきたのは、アケガタを日の出前後と漠然と捉えることが、その背景にあったことはまちがいない。
（135頁）

と「夜明け」説を否定され、独自に「松明の光」説を主張しておられる。[注7] ただし松明の光で、果たして「空のあはれなる」や「やうやう光見えもてゆく」が説明できるであ

ろうか。また先に「明《あか》くなりゆき」とあったが、これは「明く」（翌日になる）とは違って視覚的に「明るくなる」であろうから、これについての明解な説明も必要であろう。前述した『浜松中納言物語』の「明けゆくままに」とも類似しているようである。また大君が「今だに」と訴えて薫を早く帰らせようとしているのは、まだ暗いからである。それに対して薫は、「人はいかが推しはかりきこゆべき」と言い返している。これについて頭注九では「あまり早く引き揚げると、まずいことがあったかと疑われる」と解している。これを素直に受け取れば、まだ帰るには早い時間ということになる。日付が変更してから、どれだけ時間が経過しているかが解釈の分かれ目になる。

これを踏まえた上で、私見としては薫の会話の中に「ただかやうに月をも花をも、同じ心にもて遊び」（337頁）とあることを重視したい。「月」が話題になるということは、ちょうどその時有明の月が出ていた、薫は月を見ていたと解釈することはできないだろうか（八の宮の一周忌は八月二十日頃）。だからこそ「かやうに」なのである。

先に引用した椎本巻でも、有明の月が出ていたではないか。この説が許容されるのであれば、明るくなったのは日の出（夜明け）によるのではなく、有明の月の光と解釈できる。有明の月は暗い空に出ており、夜明けまでにはまだ時間があることになる。というのも、その後に薫は、

山里のあはれ知らるる声々にとりあつめたる朝ぼらけかな　（239頁）

と詠じており、歌で「暁の別れ」を「朝ぼらけ」と言い換えている。これもまだ暗い時間帯であろう。▼注[8]

4 月の記憶

先に有明の月が出ている可能性を述べたが、実は薫にも月の記憶があった。まず橋姫巻の垣間見場面があげられる。その折、薫が宇治へ出かけたのは「秋の末つ方」(135頁)であった。薫は京都を「有明の月のまだ夜深くさし出づるほどに出で」(同頁)ている。この折は馬に乗っているようだが、それにしてもかなり遅い時間に到着したはずである。宇治の姫君の合奏は、そんな遅い時間に行われていたのである。後に薫はその垣間見を「見し暁」(153頁)と回想しているので、暁の時間帯だったことが察せられる。

続いて薫が垣間見るシーンは、

　あなたに通ふべかめる透垣の戸を、すこし押し開けて見たまへば、月をかしきほどに霧りわたれるをながめて、簾を短く捲き上げて人々ゐたり。簀子に、いと寒げに、身細く萎えばめる童一人、同じさまなる大人などゐたり。(139頁)

とあり、薫は霧の晴れ間の淡い月の光によって、姫君を垣間見ていたのである。▼注[9] また大君が亡くなった後の冬の描写にも、

　雪のかきくらし降る日、ひねもすにながめ暮らして、世の人のすさまじきことに言ふなる十二月の月夜の曇りなくさし出でたるを、簾を捲き上げて見たまへば、向かひの寺の鐘の声、枕をそ

ばだてて、今日も暮れぬとかすかなるを聞きて、

おくれじと空ゆく月をしたふかなつひにすむべきこの世ならねば

風のいとはげしければ、蔀おろさせたまふに、四方の山の鏡と見ゆる汀の氷、月影にいとおもしろし。京の家の限りなくと磨くも、えかうはあらぬはやとおぼゆ。わづかに生き出でてものしたまはましかば、もろともに聞こえましと思ひつづくるぞ、胸よりあまる心地する。（総角巻332頁）

と師走の月が印象深く照っていた。

ここにある「簾を捲き上げて」は、橋姫巻の「簾を短く捲き上げて」と共通している。これは白氏文集の引用という以上に、月を見るための所作である。また「もろともに聞こえまし」は、疑似後朝場面の「空のあはれなるをもろともに見たまふ」と共通している。ただしここは反実仮想となっており、もはや大君と一緒に月を見ることはできない。もともと「もろとも」は男の一体化願望の場合が多いのだが、▼注[10]疑似後朝場面でも、別れに際して大君ともろともに空を眺めることで、薫は一体化幻想を味わっていたことになる。大君が「女」とか「女君」と呼称されているのも、薫の幻想の表出であろう。ついでながら夕顔巻においても同様の描写があった。

端近き御座所なりければ、遣戸を引き開けて、もろともに見出だしたまふ。ほどなき庭に、されてある呉竹、前栽の露はなほかかる所も同じごときらめきたり。（夕顔巻156頁）

これは源氏と夕顔の後朝の別れ場面であるが、やはり源氏は夕顔を誘ってもろともに外を眺めている。ここにも月は描かれていないが、その直後に「いさよふ月にゆくりなくあくがれんことを、女は

思ひやすらひ」（159頁）とあるので、やはり十五夜の月は出ていたのである。▼注[11]

5　従者達の苦労

ところで、薫のような貴人が「夜深く」帰るとなると、お供の者たちの動向もそれに連動することになる。特に主人の私的な夜の忍び歩きともなると、お供の者たちは大変な苦労を伴うはずである。まして行く先が京都から離れた宇治であれば、往復の疲労も相当なものであろう。しかも主人が愛人と過ごしている間、従者達は時間が経過するのを待っていなければならなかった（もちろんそれなりに接待はされているであろうが）。

源氏が絶大な信頼をおいている惟光など、その待ち時間を私用にあてたことがある。生憎《あいにく》その時に夕顔が六条某院で急死するのだが、「夜半、暁といはず御心に従へる者」である惟光が、「今宵しもさぶらはで」（夕顔巻170頁）という大失態をしでかしてしまった。惟光はいつものように「暁に御迎へに参る」（同165頁）つもりだったのだろうが、その不在の間に夕顔急死事件が勃発してしまったのである。事情は異なるが、源氏が空蝉の女房中将の君に、「暁に御迎へにものせよ」（帚木巻100頁）と告げたのも、暁が一般的な男女の別離の時間だからと考えればすっきりする。命じられた中将の君は、ちゃんと暁に迎えに来ている。

暁は寅の刻（午前三時）から五時までの時間帯を指す言葉である。その範疇ならいつでも暁であった。

では従者達は暁の時間帯の中で、自由に迎えの時間を選択できたのであろうか。どうもそうではないらしい。「暁方」というのは暁になり立てのことをいうようだが、いわゆる「暁の迎え」というのも、暁になったらすぐという意味合いのようである。

だからこそ帚木巻における源氏の従者たちも、

鶏も鳴きぬ。人々起き出でて、「いといぎたなかりける夜かな」、「御車引き出でよ」など言ふなり。守も出で来て、女など、「御方違へこそ。夜深く急がせたまふべきかな」など言ふもあり。
（帚木巻103頁）

と、暁を告げる「鶏鳴」を合図に、すぐに出立の準備に取りかかっている。「いといぎたなかりける夜かな」・「御車引き出でよ」というのも、総角巻と同様に内にいる源氏に聞こえるようにしゃべっているのであろう。この場合、暁の到来はやはり「鶏も鳴きぬ」という聴覚情報であった。

結　擬似後朝

以上、総角巻における印象的かつ特殊な薫と大君の疑似後朝を検討してきた。その結果、疑似であろうと本当であろうと、暁というのは男が女の元を去る時間帯であることが確認された。しかしながらその時刻の始まりは、夜明けよりもずっと早い午前三時であるから、あたりは真っ暗であり、それを視覚的に知ることは不可能であった。

宇治という郊外においては、寺の修行のために鳴らされる「後夜の鐘」が、「暁の鐘」として機能していたようである。それは当事者である男女のみならず、従者たちにも帰り仕度を始めさせる役割を担っており、むしろ従者たちに帰りをせかされるような成り行きで、男女の後朝の別れが展開していた。宇治十帖に限らず、『源氏物語』における暁の時間帯は、後朝の別れを考える上で非常に重要な役割を果たしていると言える。特に聴覚による時刻の認知には十分留意すべきであろう。

ただし薫は大君と別れた後、別室（西廂）で横になって休息しており、すぐに帰京したわけではなかった。結局、帰京を急かした従者たちは、長時間ずっと待たされたことになる。一方の大君は、その後で中の君のところに戻って臥している。これまでまったく言及されなかった薫の香りがここで浮上する。大君の身体には「ところせき御移り香の紛るべくもあらずくゆりかか」（241頁）っているからである。さすがの中の君も、それによって姉が薫に抱かれたと誤認している。薫の移り香は擬似後朝を本当らしく見せるのにまことに効果的であった。

第七章　牛車のなかですれ違う心——東屋巻の薫と浮舟

1　「おほどき過ぎ」た浮舟

本論では、東屋巻における薫と浮舟の物語展開を詳細に分析してみたい。特に三条の小家における二人の逢瀬と、それに続く牛車での宇治行きに注目することで、薫が浮舟を必ずしも大君のゆかりとは認識していないことが見えてくる。

そのことを論じる前に、そこに到る過程を一通り押さえておこう。継父常陸介によって結婚相手（左近少将）を異父妹に奪われた浮舟は、傷ついた心を癒すために母中将の君によって中の君のもとに預けられる。浮舟の母は八の宮北の方の姪であるが、主従関係を有する女房として仕えていた。北の方が亡くなった後、そのゆかりということで八の宮の召人として処遇されたようであるが、懐妊したことで八の宮から冷たく突き放される。その後、浮舟を出産した中将の君は、裕福な受領常陸介と再婚して常陸に下向していた。

妻ならぬ召人の生んだ子ということで、浮舟は八の宮の子として正式に認定されてはいなかった。

そのため中の君にしても、浮舟を対等な異母妹として処遇しているようには見えない。それが物語展開の契機となっているのだが、引き取られた浮舟が夫匂宮に手籠めにされそうになった時も、それを必死で止めようとはしなかった。匂宮の母明石中宮の急病を伝える使者の来訪によって、かろうじて事なきをえた浮舟は、すぐに前もって方違え用に準備していた三条の小家に避難する。意見が別れるところだが、浮舟にとっての中の君は、必ずしも頼れる異母姉ではなかったと読みたい。

一方、浮舟の動向を宇治にいる弁の尼から聞いた薫は、早速弁の尼を使者として差し向け、自らも三条を訪れて簡単に浮舟と結ばれる。相手が身分低い浮舟ということで、薫は大君の場合とは違って異常なほどに積極的であった。まして弁の尼が手引きしてくれたのであるから、乳母の抵抗もなくあっさりと浮舟に逢うことができた。この弁の尼は北の方の従姉妹なので、浮舟に対しても優位な立場にあった。▼注[1] ここに至って浮舟をめぐる薫と匂宮の対立構図が発生したことになる。

さて浮舟と身近に接した薫の感想は、

人のさまいとらうたげにおほどきたれば、見劣りもせず、いとあはれと思しけり。（新編全集東屋巻92頁）

であった。「見劣りもせず」とあるが、大君に匹敵するわけではあるまい。ここに用いられている「おほどく」という動詞に注目していただきたい。これはおっとりしているという意味である。「らうたげ」とも共通するが、浮舟以外では夕顔・女三の宮（五例）・明石女御・中の君に用いられている（全九例）。すべて女性であること、女三の宮の例が突出していることが特徴である。

これに類似した形容動詞「おほどかなり」（全四一例）にしても、女性的な八の宮の一例を除くと、夕顔（二例）、紫の上（二例）・末摘花（二例）・花散里（二例）・明石の君（一例）・秋好中宮（四例）・玉鬘（四例）・雲居の雁（二例）・女三の宮（二例）・落葉の宮（二例）・女二の宮（一例）・中の君（四例）とほぼすべて女性に用いられている。▼注[2] しかも「おほどかなり」は浮舟の七例が突出していた。また興味深いことに浮舟に関しては、

いとやはらかにおほどき過ぎたまへる君にて、（同71頁）

あまりおほどき過ぎたるぞ、心もとなかめる。（同96頁）

のように、複合語「おほどき過ぐ」が二例用いられている。これは源氏物語の中では浮舟にのみ用いられている特殊用語のようである。▼注[3] このように極端だと、かえってマイナス表現にもなりかねない。そこが大君とは大きく異なるところであろう。

こういった用例の分布から、「おほどく」「おほどかなり」は浮舟の性格・特徴を表した言葉（キーワード）と言えそうである。逆に大君には一例も用いられていないので、少なくとも「おほどく」から二人の類似点を見出すことはできそうもない。むしろこれは中の君と浮舟との共通要素と見るべきではないだろうか。▼注[4] また薫にしてみれば、浮舟は自らの母である女三の宮にも似ていることになる。ここで浮舟は、既に大君のゆかり（人形）からは逸脱していると見たい。

2　浮舟を抱く薫

肝心の薫と浮舟の逢瀬については、例によって一切描かれておらず、

ほどもなう明けぬる心地するに、鶏などは鳴かで、大路近き所に、おぼとれたる声して、いかにとか聞きも知らぬ名のりをして、うち群れて行くなどぞ聞こゆる。（東屋巻93頁）

とあるように、あっという間に時間が経過している。時は九月、晩秋の夜長であるが、「ほどもなう明けぬる心地する」とだけで済ませており、具体的な情交の描写は省略されている。これが源氏物語の朧化の手法であろう。もちろん時間が早く過ぎるというのは、薫が浮舟に満足している証拠とも言える。

ここで注意したいのは、「明けぬる」とあることである。実はまだ夜明けにはなっておらず、あたりは真っ暗だった。「明く」というのは必ずしも夜が明けた（視覚的に明るくなった）という意味ではなく、翌日になった（日付が変わった）という意味も存する。▼注[5]　昔の日付変更時点は丑の刻と寅の刻の間（午前三時）にあったとされている。要するに寅の刻になると日付が変わるので「明く」（翌日になる）と言うわけである。

その時刻は「鶏鳴」でもあり、また「暁」「五更」「後夜」などとも重なる。▼注[6]　通い婚において女のもとを訪れた男は、暁になると女のもとを去らなければならなかった。それを踏まえた上で、ここに「鶏などは鳴かで」とあることに注目したい。一般的な後朝においては鶏鳴がふさわしいからである。し

かしながら三条の小家では鶏鳴ではなく無風流な大路を往来する物売りの声（聴覚情報）が、暁の到来をつげているのである。ただしこの後に、

かやうの朝ぼらけに見れば、物戴きたる者の鬼のやうなるぞかしと聞きたまふも、かかる蓬のまろ寝にならひたまはぬ心地もをかしくもあり。（同頁）

とあり、「朝ぼらけ」とあるのだからあたりは既に薄明るくなっているのでは、という疑問もあるに違いない。「朝ぼらけ」には時間の幅があるので、その終わりの方は明るくなっているからである。だがここはあくまで伝聞になっており、視覚ではなく「聞きたまふ」と聴覚によって情報を得ている点に留意したい。

本来「夜深く」帰るのは女に対する愛情が薄い証拠であったとも考えられている。源氏など末摘花との最初の逢瀬において、

何事につけてかは御心のとまらむ、うちうめかれて、夜深う出でたまひぬ。（末摘花巻284頁）

と、さっさと帰っている。これを暁よりもっと早い深夜と解釈する向きもあるが、それではあまりに女性に対して失礼であろう。▼注[7] もちろん薫の場合は帰るのではなく、

人召して、車、妻戸に寄せさせたまふ。かき抱きて乗せたまひつ。誰も誰も、あやしう、あへなきことを思ひ騒ぎて、（同頁）

とあるように、まだ暗い内に浮舟を連れて出立しているので、愛情が薄いという訳ではなかった（外出は暗い時が普通であった）。相手が高貴な薫とはいえ、一晩過ごした翌日に連れていかれるのであるか

ら、周囲の女房達も驚いたに違いない。

薫は牛車を簀子に寄せさせて、浮舟を抱きかかえて乗り込んでいる。高貴な人は地面に下りずに簀子から直接牛車に乗り移った。薫も意外に力があったようである。これについて新編全集の頭注には、

貴人が自ら抱くのは異例。薫のここでの行動は、源氏が、夕顔を五条の宿から某院に連れ出す条（夕顔1一五九ジペー）、紫の上を故按察大納言邸から二条院に引き移す条（若紫1二五五ジペー）に似る。

（東屋巻92頁）

と記している。このあたりの描写は、貴族の邸ではないということだけでなく、夕顔巻の描写と類似しているところがある。▼注[8]「おほどく」「おほどかなり」の多用や、二人の男性に愛されるということ、また前述の「鶏などは鳴かで」表現の一致を含めて、夕顔と浮舟の物語には類似点が少なからず認められるようである。

ただし夕顔の場合は、

はしたなきほどにならぬさきにと、例の急ぎ出でたまひて、軽らかにうち乗せたまへれば、右近ぞ乗りぬる。

（夕顔巻159頁）

とあって、はっきり抱いて乗せたとは書いてない。もちろん「軽らかにうち乗せ」たとあるのだから、源氏が夕顔を抱き上げて乗せた可能性は十分にある。なお三条の小家は必ずしも関東風の東屋ではないと思われるが、なにせ仕えているのは常陸介一家の人間達であろうから、薫の耳には聞き慣れない関東方言が聞こえたのであろう。だから薫はこの小家を「東屋」と洒落《しゃれ》て（皮肉って）呼んでいるの

である。

抱きかかえる例として、匂宮が浮舟を抱きかかえている場面も加えておこう。もちろん匂宮は薫が浮舟を抱きかかえたことなど知るはずもないのだが、読者の目には対抗して同じような行動を取っているようにも見える。ただし匂宮の場合は、

人に抱かせたまはむはいと心苦しければ、抱きたまひて、助けられつつ入りたまふを、（浮舟巻151頁）

とあって、浮舟を抱いた匂宮を供人が介助するというやや滑稽にも思える動作になっている。それが匂宮の誠実さでもあろう。この場面は冬なので、浮舟の衣装も薫が抱いた時より重かったのかもしれない。なお浮舟は「さすらいの女君」と規定されているが、[注9] 受動的に二人の男性に抱きかかえられる女性でもあった。その証拠に、浮舟物語には「抱く」という表現が多用（十三例）されていることが指摘されている。[注10]

3　牛車の活用

さて浮舟を牛車に乗せた薫は、そのまま宇治まで連れて行こうとする。これは源氏が夕顔を近くの六条某院に誘ったケースとは異なり、かなり早急かつ計画的な行動であった。そのことは、

近きほどにやと思へば、宇治へおはするなりけり。牛などひき替うべき心まうけしたまへりけり。（東屋巻94頁）

という記述からも察せられる。宇治へ行くために前もって替えの牛の用意（心まうけ）もしていたのである。『蜻蛉日記』の宇治行きの記事を参考にすると、京都から宇治まで牛車で八、九時間かかったようであるが、▼注[11]いずれにしてもこれが物語の中で一番長く牛車が描写された例かと思われる。そこで宇治に至るまでの過程をもう少し詳しく見ていきたい。なお牛車に関しては、三田村雅子氏の御論▼注[12]を参考にさせていただいた。

当時の貴族は、原則として牛車に乗って移動していた。藤原道長の日記『御堂関白記』を見ると、道長と妻の倫子はしばしば牛車に相乗りして、宮中に参内したり退出したりしている。摂関家の妻で、あれほど頻繁に宮中に参内した女性は他にいないのではないだろうか。もちろん倫子は娘彰子のところへ通っているのであるが、それは私的な行動というよりも、それなりに政治的な役目があったと思われる。▼注[13]だからこそ道長と同車して参内・退出していたのであろう。そのことを道長があえて日記に書き残していることが面白いのである。

いずれにしても男女が同じ車に乗るというのは、それだけの関係、夫婦とか恋人とか親子あるいは同僚・主従だからではないだろうか。前述のように源氏は、五条の宿から夕顔を誘って六条某院に出かけている。その折には「右近ぞ乗りぬる」（夕顔巻159頁）とあって、乳母子の右近も同乗している（三人乗り）。若紫巻では、紫の上を掠奪《りゃくだつ》する際にやはり牛車を使っているが、この時には、

少納言、とどめきこえむ方なければ、昨夜縫ひし御衣どもひきさげて、みづからもよろしき衣着かへて乗りぬ。（若紫巻255頁）

と、少納言の乳母が同乗して三人乗りになっていた。▼注[14]

また薄雲巻では、明石姫君を紫の上の養女にするため、明石の君のもとから車で連れ出している。この折は「乳母、少将とてあてやかなる人ばかり、御佩刀《はかし》、天児《あまがつ》やうの物取りて乗る」（薄雲巻434頁）とあって、源氏と明石姫君の他に乳母と少将も同乗しており、四人乗りしたように読める。こういったわずかな例は認められるものの、男女で同車するという例は案外描かれていない。しかも道長の例も含めて、牛車の中で一体どんな会話がなされたのか、といったことは一切省略されており、ただ牛車に乗って移動したということしかわからない。牛車はあくまで乗物であり、移動の手段でしかなかったことになる。

それに対して葵巻では、源氏と紫の上が二人で牛車に乗って葵祭見物に出かけている（女童が同乗していた可能性もある）。源氏は「人とあひ乗りて簾をだに上げたまはぬを、心やましう思ふ人多かり」（葵巻30頁）と用心して車の中を見られないようにしている。その際、源典侍に見咎められたり場所を譲ってもらったりしているが、これは葵上と六条御息所の車争いに続く〈もう一つの車争い〉でもあった。▼注[15]ここでようやく牛車の役割が拡大しているわけだが、それでもこれは外部からの働きかけであって、まだ牛車内部の活用はなされていない。

ついでながら、夕顔のパロディである『狭衣物語』巻一の飛鳥井の女君についても見ておきたい。飛鳥井の女君は両親が亡くなって経済的に不如意になったので、困った乳母が仁和寺の坊主（威儀師）に女君の世話を頼んでいる。そこで坊主は牛車に乗せて女君を盗み出したのだが、途中で狭衣に怪しまれたため女君を残して逃げ出してしまう。狭衣は残された女君を自邸に送り届けるが、そのかわいらしさに惹かれてそのまま深い仲になってしまう。そこから源氏と夕顔のような恋物語展開となるわけだが、これなど牛車を巧妙に利用した例と言える。

ここまで見てきて、牛車の狭い空間があまり活用されていないことに気付いた。こうなると東屋巻は、初めて牛車内部という空間を有効に活用したものということになる。これだけ狭い空間だと、お互いの息づかいまで聞こえるに違いない。まして薫の強烈な香りが牛車の中に充満して当然のはずだが、何故かここでは香り（嗅覚）については一切言及されていない。▼注[16] 既に嗅覚が麻痺していたのであろうか。

4　宇治への道行き

薫の浮舟連れ出しに関しては、弁の尼が重要な役割を果たしていた（共犯者）。もともと薫は弁の尼を仲介に立てることで、浮舟とすんなり結ばれたのである。それもあって薫は、宇治行きにも弁の尼の同行をなかば強要している。弁の尼は柏木の乳母子だった関係で、薫に対しても忠誠を尽くしているのである。

意外な成り行きに弁の尼は驚くが、「「人一人やはべるべき」とのたまへば、この君に添ひたる侍従と乗りぬ」（同94頁）とあるように、女房の侍従と一緒に同車している。お供一人を選ぶのであれば、本来なら浮舟の最も信頼する乳母か乳母子の右近が付き添うべきなのであるが、ここでは唐突に侍従が選ばれている（ここが侍従の初登場）。ではこの時乳母や乳母子の右近は一体どこで何をしていたのであろうか。もちろん侍従も信頼されている女房の一人なのだろうが、乳母・右近の不在（存在の薄さ）が気になるところである。

かくして牛車には四人が同車していることになる。弁の尼には供の女童がいたが、定員オーバーということで置き去りにされている。どうやら薫は最初から牛車を一台しか用意しなかったようである。一行はまだ暗いうちに出立して、[注17]「河原過ぎ、法性寺のわたりおはしますに、夜は明けはてぬ。」（同頁）とあるように、賀茂川の河原を過ぎ、藤原忠平が建立した法性寺、今の東福寺あたりを過ぎたところで夜が明けた。この記事によって前述の「明く」が夜明けではないことが逆に確定する。必然的に牛車の中も明るくなって視界が開けてくる。

若き人はいとほのかに見たてまつりて、めできこえて、すずろに恋たてまつるに、世の中のつつましさもおぼえず。（同頁）

この「若き人」とは侍従のことである。薫の姿を間近に見た侍従は舞い上がり、すっかり薫びいきになっている。本来ならば侍従は浮舟の分身として、浮舟の心情を代弁してもよさそうであるが、ここでは浮舟とは別個に個人的な感情を吐露している。それに対して浮舟は薫を評価することもなく、「君ぞ、いとあさましきにものもおぼえで、うつぶし臥したるを」（同頁）と、事の成り行きに茫然としている。ここでは主従の間で別々の思いを抱いていることに留意しておきたい。その浮舟を薫が抱いているわけだが、昨夜結ばれたばかりの薫と浮舟にしても、お互いの心が通じ合っているわけではなさそうだ。

ここで牛車の中の位置関係を整理しておこう。牛車の前列に薫と浮舟、後ろに弁の尼と侍従が位置していた。牛車においては前が上席のようである。また薫は右側に位置している。前と後ろの間は、

薄物の細長を、車の中にひき隔てたれば、はなやかにさし出でたる朝日影に、尼君はいとはしたなくおぼゆるにつけ、（同頁）

と、女性物の細長をカーテンのようにして隔てに使っていたことがわかる。しかしながら形ばかりの薄物なので透けて見えるようで、弁の尼は薫に尼姿を間近に見られるのを恥ずかしく思っている。こういった内省も侍従とは正反対の思考であろう。

それとは別に、薫と浮舟の睦まじい様子を見た弁の尼は、

故姫君の御供にこそ、かやうにても見たてまつりつべかりしか、ありふれば思ひかけぬことをも見るかなと悲しうおぼえて、つつむとすれどうちひそみつつ泣くを、侍従はいと憎く、もののはじめに、かたち異にて乗り添ひたるをだに思ふに、なぞかくいやめなると、憎くをこに思ふ。老いたる者は、すずろに涙もろにあるものぞと、おろそかにうち思ふなりけり。（同95頁）

と反実仮想的に昔のことが思い出され、これが大君のお供であったらと、思わず泣き出してしまった。弁の尼にとって浮舟はやはり大君の代償たりえなかったし、幸福感に浸るようなものでもなかったのだ。

横にいた侍従は昔の経緯を知らないので、主人である浮舟にとってめでたい結婚のはじめ―「もののはじめ」とは結婚直後を指す―に、尼姿の人が同車していることすら縁起でもないのに、その上こんなに泣くなんて憎らしいと思っている。もちろん高貴な薫と同車しているので、侍従が声に出してしゃべることはなく、すべて心内語になっているが、対立関係になっていることは明らかである。また「なりけり」と草子地を用いることで、内実を知らない侍従の勘違いを露呈させてもいる。牛車に同乗した四人の内面はちぐはぐなものであった。本来ならば薫と浮舟、弁の尼と侍従が組みであるが、両者はまったくかみ合っていないことに留意したい。

宇治に近づいた時、薫は二人の袖が霧に濡れ、それが重なることで襲の色が変化しているのを発見する。

うちながめて寄りゐたまへる袖の、重なりながら長やかに出でたりけるが、川霧に濡れて、御衣の紅なるに、御直衣の花のおどろおどろしう移りたるを、おとしがけの高き所に見つけて、引き入れたまふ。

かたみぞと見るにつけては朝露のところせきまでぬるる袖かな

と、心にもあらず独りごちたまふを聞きて、いとどしぼるばかり尼君の袖も泣き濡らすを、（同頁）

本来ならば二人の袖の重なりに、二人の心の同調が読み取れるはずである。しかしながら薫の心は眼前の浮舟ではなく、故大君追慕へと向かった。そもそも紅と花色が重なると二藍になるのだが、それは縁起でもない喪服の色に近いのであった。だからこそ薫は亡き大君のことを連想し、「かたみぞと」

という歌を詠じたのである。もっともこれは「独りごち」（朗詠）であって、決して浮舟に向かって詠みかけたものではない。[注18]「形見」とはいいながら、浮舟と大君の類似点は提示されておらず、むしろ過去を共有している弁の尼への問いかけとなっている。そのため薫の歌を聞いた弁の尼は、即座に「いとどしぼるばかり尼君の袖も泣き濡らし」てしまうのだった。弁の尼は間違いなく薫の心情に共感していたのである。

それに対して事情を知らない侍従は歌の内容を把握することもできず、「若き人、あやしう見苦しき世かな、心ゆく道にいとむつかしきこと添ひたる心地す」（96頁）とまたしても強く反発している。ここで侍従と言わずに二度も「若き人」としているのは、もちろん老人とされている弁の尼との対照（ゼネレーションギャップ）を狙っているのであろうが、それだけでなくやや軽薄な感じを出してもいるのであろう。

薫は弁の尼の反応に同調（満足）して、「我も忍びやかにうちかみて」（同頁）と鼻をかむのであった。では自身が大君の形見とされていることを認識（自覚）していない浮舟は、この歌をどのように理解したのであろうか。[注19]一つの牛車に同車している四人であるが、薫と弁の尼は浮舟の存在を直視せず、幻想的に亡くなった大君を回想して涙を流している。一方の浮舟は無口で薫に何も答えていない。侍従も大君のことを知らず、これからの浮舟と薫との新生活に思いを馳せている。だからこそ侍従は、不吉な涙を流す弁の尼に腹を立てているのである。

牛車に同乗してはいるものの、四人の心は通じ合うこともなく、すれ違い錯綜するばかりであった。

結　すれ違う心

本論では、東屋巻の三条の小家における薫と浮舟の逢瀬と、それに続く宇治行きに焦点を絞り、その描写の分析を行ってみた。特に牛車の中にいる四人の内面に注目してみた。それに先だって、牛車に同車した例をいくつか拾って比較してみたが、これほど同車している人々の心のすれ違いを浮き彫りにしたものは今までになかった。なるほど三田村氏の言われるように、牛車空間の舞台化は宇治十帖の新しい達成と言えそうである。

しかも薫と浮舟の道行きは、必ずしも幸せな未来へと続いているのではなく、かえって過去の大君思慕が増幅されているように見える。そもそも浮舟を宇治に据えるという発想自体、浮舟との幸せな生活を願ってのことではなかった。やはり薫にとっての浮舟とは、あくまで大君を思い出すよすがに過ぎないのかもしれない。しかし存在感の薄い浮舟では、大君の代わりにはなりそうもない。どうやら浮舟は、八の宮の召人だった母中将の君の人生を繰り返していることになる。▼注[20]その意味でも浮舟にとっての薫は、必ずしも自身を幸せにしてくれる理想の男性ではなかったことになる。

本来ならばこの道行きは新婚旅行のようなものであるから、同乗している人々はもっと幸福感に包まれていてもいいはずである。その意味では事情を何も知らない侍従がもっともそれにふさわしい単純な存在だったことになる。しかしその侍従と浮舟の心も通じ合ってはいなかった。牛車による道行きの詳細な描写は、これからの宇治での新生活に不安を残すものだったといえよう。物語はそれを牛車の中での心のすれ違いによって巧妙に暗示していたのである。

III◉——香りの物語——嗅覚表現

第八章 「なつかし」と結びつく香り

1 はじめに

「なつかし」は親しみを表す語として、『源氏物語』にもしばしば用いられている。しかしながらその用法はかなり漠然としているようである。その中に、どうやら嗅覚と密接にかかわる例が少なからず存するようなので、あらためて嗅覚の「なつかし」について考察してみたい。

2 「なつかし」き空蝉の〈人香〉

左大臣邸から紀伊守邸へ方違えした折、偶然空蝉と一夜を共にした源氏は、再度の逢瀬を願って弟の小君に手引きさせる。しかしまんまと空蝉に逃げられてしまった源氏は、脱ぎ捨てられていた衣装を手にして、

①かの薄衣は小袿のいとなつかしき人香に染めるを、身近く馴らして見ゐたまへり。

（新編全集空蝉巻130頁）

と、その衣装を空蝉の形代として持ち帰っている。これについて小嶋菜温子氏は、

> 中味が空洞の「薄衣」への恋着。「身近く馴らして」と擬人化された薄物の衣裳に、あやしげな身体感覚がにじむ。実体から疎外された、源氏の倒錯的なエロスが立ちのぼってくる瞬間だ。ここに宇治の物語のフェティシズムの先蹤をみることもできよう。身体性を捨象し、それゆえこそ官能的で優美な関係が浮き彫りにされる。空蝉と源氏の物語における、最も印象的なプロットではないだろうか。（151頁）

と非常に示唆に富んだ分析をしておられる。▼注[1]「倒錯的なエロス」という点では、既に光源氏と小君との男色に似た関係も生じている。ただし安易な男色という定義に対しては、

> 源氏は小君を空蝉の形代として愛撫しているからである（疑似恋愛）。「細く小さき」体つきも、そして短めの「髪」も空蝉を想起させるに十分な程に似通ったものと見るべきであろう。（210頁）

と反論したことがある。▼注[2]

いずれにしても源氏は、ここで弟の小君以外に、もう一つの空蝉の衣装（分身）を入手したことになる。その二つの分身によって、空蝉幻想が重層的に構築されることになる。源氏は早速、

> ありつる小袿を、さすがに御衣の下に引き入れて、大殿籠れり。小君を御前に臥せて、よろづに恨み、かつは語らひたまふ。（129頁）

と両者を組み合わせて活用している。「御衣の下に引き入れ」たのは、その衣装に空蝉の「いとなつ

かしき人香」が付着していたからである。

ところでこの「人香」とは珍しい言葉で、『源氏物語』でも全部で三例しか用いられていない。他の二例とは、

②和琴を引き寄せたまへれば、律に調べられて、いとよく弾きならしたる、人香にしみてなつかしうおぼゆ。（横笛巻353頁）

③小袿重なりたる細長の人香なつかしう染みたるを、（竹河巻73頁）

である。まず三例すべてに「なつかし」が用いられていることに注目したい。横笛巻の例の主語は夕霧であるが、新編全集の頭注二〇には「夕霧はその移り香の主を、落葉の宮と推測する」（353頁）とある。これはもともと柏木の形見の和琴に付着した「移り香」なので、本来の持ち主である柏木の「人香」と考えることもできなくはない。竹河巻の例は玉鬘から薫にかずけられた衣装であるが、頭注二二では「姫君のものか」と解釈されている。これも玉鬘自身の衣装とも考えられるのだが、身分的に対等に近い薫に対して、玉鬘の「人香」はふさわしくあるまい。そこで娘の姫君が浮上するわけだが、そうなるとこの衣装は姫君自身を象徴しているとも読める（薫は受け取りを拒否している）。

さて「なつかし」は、一般には馴れ親しみたい気持を意味する言葉とされている。それでまったく問題ないようにも思われるが、この三例とも「人香」と一緒に使用されているのであるから、嗅覚とも深く関係しているのではないか、という疑問が浮上してきた。そこで「なつかし」の用例を総合的に調査・分析し、あらためて嗅覚とのかかわりについて再検討してみた次第である。

3　和歌における「なつかし」

「なつかし」と嗅覚との関連について、一般の辞書ではまったく言及されていなかったが、▼注〔3〕さすがに小学館の日本国語大辞典では、

人、人の心や姿をはじめ、音・香などを含め、広い対象についていう。

とコメントされていた。「広い対象」とあるので、必ずしも嗅覚が特筆されているわけではないものの、かろうじて「香」とのかかわりに言及されていることになる。▼注〔4〕

それを踏まえた上で、次に和歌の世界の用法について見ておきたい。真っ先に『古今集』所収の、

A春雨に匂へる色も飽かなくに香さへなつかし山吹の花　（一二二番）

歌があげられる。この歌について片桐洋一氏は、

「なつかし」は『万葉集』には十九例もあるが、『古今集』では、仮名序に引用されている「春の野にすみれ摘みにと来し我ぞ野をなつかしみひと夜寝にける」を別にすれば、この歌の一例だけであり、その後の勅撰集においても、『後撰集』一例、『後拾遺集』一例、『詞花集』一例、『千載集』二例というように少ない。『源氏物語』においては数えきれないほどに多く用いられていることを思えば、「心引かれて離れがたい」「身近において手離したくない」という意のこの語が、きわめて人事的で、対象と密着して用いられるゆえに、知的整理を加えて構成し表現する平安時代の

和歌には詠まれにくかったのではないかと思われるのである。そして、前歌に続いて『家持集』『猿丸集』に採られているこの歌は、やはり『万葉集』に近い時代の歌だったのではないかと思われてくるのである。（646頁）

と詳細に解説しておられる。▼注[5] 片桐氏によれば、「なつかし」は『万葉集』時代の歌語であり、平安時代にはあまり和歌に詠まれなくなっているとのことである。これを参考にしつつ、あらためて宮島達夫氏編『古典対照語い表』（笠間書院）を調べてみたところ、

なつかし　『万葉集』18　『古今集』1　『後撰集』1　『枕草子』3
『源氏物語』198　『紫式部日記』1　『更級日記』1　『大鏡』5
『徒然草』4

なつかしげ　『蜻蛉日記』1　『源氏物語』9

なつかしさ　『蜻蛉日記』1　『源氏物語』3

と出ていた（『万葉集』に一例の違いあり）。なるほど『源氏物語』の計二一〇例は、他を圧倒しているというよりも、異常なまでに多いと言えそうである。ついでながら『竹取物語』・『伊勢物語』・『大和物語』・『平中物語』・『篁物語』・『土佐日記』に用例はなく、男性作家の作品としては『うつほ物語』七例・『落窪物語』一例が早い例である。源氏物語以降では、『狭衣物語』三〇例・『夜の寝覚』三一例・『浜松中納言物語』四九例・『栄花物語』八例・『とりかへばや物語』五一例といった用例が認められた。源氏物語の影響であろうか、以後の後期物語では用例が増加している。ここからわかるのは、平安時

代には和歌ではなく散文において活用されているということである。

なお片桐氏が引用されていた仮名序の「春の野に」歌は、まさしく『万葉集』一四二四番（赤人歌）なので、A「春雨に」歌（読み人知らず）を「『万葉集』に近い時代の歌」とされているのも首肯される。ただし片桐氏は、嗅覚との関わりには一切言及されていない。山吹にしてもすみれにしても野の花であるが、注目するほど強烈な香があるとも思えないからであろうか。そこで参考までに『古今集』以外の勅撰集の歌も列記しておきたい。

B思ふてふことの葉いかになつかしな後うき物と思はずもがな　（『後撰集』九一九番）

C五月雨の空なつかしく匂ふかな花橘に風や吹くらむ　（『後拾遺集』二一四番）

D吹きくれば香をなつかしみ梅の花散らさぬほどの春風もがな　（『詞花集』九番）

E女郎花なびくを見れば秋風の吹きくるすゑもなつかしきかな　（『千載集』二五二番）

F嘆きあまりうき身ぞ今はなつかしき君ゆゑものを思ふと思へば　（『千載集』八六七番）

このわずか五例の中で、嗅覚にかかわるものはCDEの三首（過半数）である。Cの花橘、Dの梅、Eの女郎花はいずれも強烈な匂いを有している花である（ただし女郎花は必ずしもいい匂いではない）。その匂いが風（追風）によって運ばれている。なお『万葉集』の、

G霞立つ長き春日をかざせれどいやなつかしき梅の花かも　（『万葉集』一四二八番）

も梅の歌であり、間違いなく嗅覚と深くかかわっている例だと思われる。こうなると和歌においても嗅覚とのかかわりは看過できなくなってきた。

4 「なつかし」と「移り香」・「かうばし」の結合

勅撰集の例を押さえたところで、早速源氏物語の検討を行いたい。かつて夕顔巻の、

④もて馴らしたる移り香いとしみ深うなつかしくて、 （夕顔巻113頁）

をめぐって「移り香」を総合的に論じた際、その周辺に「なつかし」がしばしば登場していることに気が付いた（6）。もちろんそれが主流だというわけではないが、だからといって看過するのは得策ではあるまい。夕顔物語を引用している『狭衣物語』の飛鳥井の女君にも、

ただ一夜持たせたまへりしなりけり。移り香のなつかしさは、ただ袖うちかはしたまひたりし匂ひに変らず、 （新編全集巻一140頁）

という例がある。これは道成に連れ出された飛鳥井の女君が、狭衣の扇に残る「移り香」を嗅いでいるところである。頭注三には「この扇は、まさしく狭衣その人の表象であった」とコメントされており、「移り香」が狭衣を象徴しているわけである。これなど夕顔引用と考えたい。また、

薄鈍なる御扇のあるを、せちにおよびて取らせたまへれば、懐しき移り香ばかり昔に変らぬ心地するに、 （巻四224頁）

という例もある。これは女二の宮の「移り香」の付いた扇を狭衣が手にしている場面であるが、ここでも「移り香」が女二の宮の表象となっている。二例とも扇の「移り香」であることには留意してお

きたい。

同じく後期物語の『夜の寝覚』にも、

我が身にしめたる母君のうつり香、紛るべうもあらず、さとにほひたる、なつかしさまさりて、（新編全集巻四324頁）

と見えている。これはまさこ君に付着していた母（寝覚の上）の「移り香」が香っているものである。これなど空蝉の形代として機能していた小君のパロディなのかもしれない。さらに『浜松中納言物語』にも、

琴ひき寄せたれば、つねに弾きならし給ひける人の、移り香なつかしうしみて、調べられたりけるを、（新編全集巻三284頁）

と出ていた。中納言が吉野の姫君の琴を弾き寄せた際、姫君の「移り香」が香っていたという例である。

以上のように後期物語を代表する三作品すべてにおいて、「移り香」と「なつかし」が結合した例が見つかった。これを源氏物語の引用とみなすこともできるが、それよりもともと「なつかし」が「移り香」（嗅覚）と深くかかわる語だったと考えたい。

また私の垣間見論で浮上した「かうばし」に関しても、「なつかし」と一緒に用いられている例がある。▼注[7]『うつほ物語』の中で嗅覚に関するものは、

麝香《じやかう》の臍半《へそなか》らほどばかり入れたり。取う出て香を試みたまへば、いとなつかしく香ばしきものの、例に似ず。（新編全集国譲中巻160頁）

の一例のみであるが、その一例が麝香《じゃこう》の強烈な匂いを「なつかしく香ばしき」と表現しているものであった。肝心の源氏物語からは二例があげられる。

⑤いとかうばしくてらうたげにうちなくもなつかしく思ひよそへらるるぞ、すきずきしや。（若菜下巻142頁）

これは女三の宮の飼っていた唐猫のことで、この場合の「かうばし」い匂いは、必ずしも猫の匂いではなく、女三の宮の「移り香」が付着しているのであろう。少なくとも柏木はそう理解しており、だからこそ柏木にとっては、女三の宮の分身として唐猫が機能しているのである。また、

⑥御髪をかきやるに、さとうち匂ひたる、ただありしながらの匂ひになつかしうかうばしきも、（総角巻329頁）

は、亡くなった大君の髪から匂ってきた生前と変わらぬ大君の香りである。この「かうばし」は、大君の「移り香」が発散したものと見てよさそうである。こうなると「かうばし」も「移り香」同様、「なつかし」と密接に関連していることがわかる。ついでながら『宇治拾遺物語』六―九「僧伽多羅刹国に行く事」にも、

帝近く召して御覧ずるに、けはひ、姿、みめ有様、香ばしく懐かしき事限なし。（新編全集221頁）

と、「かうばし」と結合した例がある。「なつかし」は、「移り香」や「かうばし」とも関連の深い言葉だったのだ。

5　橘と「なつかし」

ついでながら嗅覚ということでは、必然的に花散里周辺が浮上する。もともと花散里の底流には、

五月待つ花橘の香をかげば昔の人の袖の香ぞする（『古今集』一三九番）

歌が引用されていたからである。この本歌に「なつかし」こそ用いられていないものの、源氏物語ではそれを発展させた、

⑦橘の香をなつかしみほととぎす花散る里をたづねてぞとふ（花散里巻156頁）

が詠じられている。この歌にはほととぎすの声と花橘の香が同時に込められており、それが嗅覚の「なつかし」の主流ともなっている（聴覚と嗅覚の融合）。もちろん橘の香には過去の懐旧という重要なモチーフも付与されているが、▼注[8] その契機として嗅覚的な「香をなつかしみ」という新歌語表現が有効に機能しているのではないだろうか。▼注[9]

実はこの歌が詠まれる直前に、

⑧二十日の月さし出づるほどに、いと木高き影ども木暗く見えわたりて、近き橘のかをりなつかしく匂ひて、女御の御けはひ、ねびにたれど、飽くまで用意あり、あてにらうたげなり。（同頁）

とあり、橘の香が「かをりなつかし」と表現されているので、これが和歌に連動しているのであろう。もっともここは桐壺帝の女御であった麗景殿との対面場面であるから、ここで想起される過去とは桐壺帝の御代のことになる。その後で妹の花散里のところを訪れるわけだが、これによって姉妹が同化

ということになる。

というか姉から妹にスライドされており、以後は歌に詠まれた「花散里」が妹の呼称として定着することになる。

さらに橘の香は、宇治十帖の蜻蛉巻にも、

⑨御前近き橘の香のなつかしきに、ほととぎすの二声ばかり鳴きてわたる、「宿に通はば」と独りごちたまふも飽かねば、（蜻蛉巻223頁）

とある。これは浮舟失踪後の薫の喪失感を表出する手法として、橘の香とほととぎすの声が用いられたものであるが、⑦の花散里の例が踏まえられているのであろう（物語内本文引用）。

橘の香は応用しやすかったようで、幻巻にも、

⑩花橘の月影にいときはやかに見ゆるかほりも、追風なつかしければ、「千代をならせる声」もせなんと待たるるほどに、（幻巻539頁）

と出ている。ここでは花橘の香りが「追風」によって運ばれている。

ついでながら花散里の引用としては、『平家物語』潅頂巻で建礼門院の様子が、

花橘の、簷《のき》近く風なつかしうかをりけるに、山郭公二声三声おとづれければ、（新編全集504頁）

と記されている。これも橘・ほととぎすを伴った常套表現となっているが、あるいは⑨蜻蛉巻の引用なのかもしれない。また『徒然草』一〇四段は、

火はあなたにほのかなれど、もののきらなど見えて、俄にしもあらぬにほひ、いとなつかしく住みなしたり。（新編全集161頁）

と、空薫物を「なつかし」としている。さらにこの章段の末尾は、

艶にをかしかりしを思し出でて、桂の木の大きなるが隠るるまで、今も見送り給ふとぞ。（162頁）

と締めくくられている。それについて新編全集の頭注では、

「大きなる桂の樹の追風に祭のころ思し出でられて、そこはかとなくけはひをかしきを、ただ一目見たまひし宿なりと見たまふ」と、『源氏物語』花散里巻にある情景がふまえられていよう。（同頁）

と花散里の引用であると述べている。花散里巻の嗅覚描写は、かなりの文学史的な広がりを有しているようである。

6　橘以外の「なつかし」

橘以外にも「なつかし」と結びついた例がある。前述した「香をなつかしみ」という新歌語にしても、それ以前の賢木巻において六条御息所への源氏の返歌に、

⑪少女子があたりと思へば榊葉の香をなつかしみとめてこそ折れ（賢木巻87頁）

と用いられていた。これは神楽歌として知られている、

榊葉の香をかぐはしみとめ来れば八十氏人ぞまどゐせりける（『拾遺集』五七七番）

を本歌取りしたものだが、本歌の「香をかぐはしみ」を少し変えて、花散里巻と同様の「香をなつかしみ」表現になっている。ただし相対的に榊と結びついた歌の例は少ないようである。それは常緑の

榊に強烈な匂いがないからであろう。

前述の梅の香も、早蕨巻の大君亡き宇治の春の情景に用いられていた。

⑫御前近き紅梅の色も香もなつかしきに、鶯だに見過ぐしがたげにうち鳴きて渡るめれば、まして「春や昔の」と心をまどはしたまふどちの御物語に、をりあはれなりかし。風のさと吹き入るるに、花の香も客人の御匂ひも、橘ならねど昔思ひ出でらるるつまなり。（早蕨巻356頁）

これは「色も香もなつかしき」紅梅▼注[10]が引き金になって、『伊勢物語』四段の「月やあらぬ」歌が想起（引用）されることで、大君の不在（喪失感）を嘆いているところである。また梅の香に薫の芳香が交じることで、「橘ならねど昔思ひ出でらるるつまなり」と大君思慕が深まっている。典型的な橘・ほととぎすというセットが、ここで紅梅・鶯に変えられているのである。橘にほととぎすのみならず、梅に鶯という嗅覚と聴覚の組み合わせも「なつかし」の重要な要素になっていると言えよう。

梅枝巻は薫物合《たきものあわせ》が催されているので、必然的に用例が三例も集中している。まず源氏が調合した侍従（黒方）という薫物について、判者である蛍兵部卿宮は、

⑬侍従は、大臣の御は、すぐれてなまめかしうなつかしき香なりと定めたまふ。（梅枝巻409頁）

と判定している。また花散里の調合した荷葉は、

⑭さま変り、しめやかなる香して、あはれになつかし。（梅枝巻409頁）

と評価されている（橘不在）。その催しが終わった後も、

⑮雨のなごりの風すこし吹きて、花の香なつかしきに、殿のあたりいひ知らず匂ひみちて、人の御

心地いと艶なり。（梅枝巻410頁）

と、辺りは梅の香に薫物の匂いが混じり合って一面に匂いが満ちていた。

その他、「香」や「匂ひ」と直結している嗅覚的な「なつかし」も、少なからず認められる。中西良一氏など源氏物語の用例を分類され、香に関するものが二十例あるとしておられる。▼注[11] 例えば末摘花に対する源氏の勘違い（美人幻想）が、

⑯ゐざり寄りたまへるけはひしのびやかに、えひの香いとなつかしう薫り出でて、おほどかなるを、されればよと思す。（末摘花巻282頁）

とやや滑稽に描かれている例もある。これはむしろ視覚を遮ることによって可能な、嗅覚によるトリック（騙しのテクニック）であった。

同じく末摘花の用例であるが、蓬生巻では花散里を訪れる道すがら、

⑰大きなる松に藤の咲きかかりて月影になよびたる、風につきてさと匂ふがなつかしく、そこはかとなきかをりなり。橘にはかはりてをかしければ、（蓬生巻344頁）

と、「追風」によって藤の匂いがただよってくることで、常陸宮邸のことを想起している。必ずしも末摘花と藤の花が関連しているわけではないのだが、これによって末摘花のことが思い出され、久しぶりの対面となる。再会した末摘花は、叔母である大弐の北の方からもらった着物に着替えるが、香の唐櫃に保管されていた衣装には、

⑱この人々の香の御唐櫃に入れたりけるがいとなつかしき香したるを奉りければ、（蓬生巻349頁）

と、まさしく嗅覚的な「なつかしき香」がただよっていた。これなど「橘にはかはりて」とあるように、花散里の構想からの発展として、藤の花の香（嗅覚）の導きによって末摘花との再会が仕組まれていることになる。

出家した女三の宮の持仏供養の場面でも香が過剰に焚《た》かれている。

⑲荷葉の方を合はせたる名香、蜜をかくしほほろげて焚き匂はしたる、ひとつかをり匂ひあひていとなつかし。（鈴虫巻374頁）

「なつかし」は植物だけでなく、人工的な薫物に対してもしばしば用いられていることが納得させられる。それが宇治十帖の薫に繋がっているのであろう。

その薫の芳香については匂宮巻において、

⑳秋の野に主なき藤袴も、もとの薫りは隠れて、なつかしき追風ことにをりなしながらなむまさりける。（匂宮巻27頁）

と絶賛されている。藤袴も香りの強い植物とされているものである。この場合の「追風」は、薫の立ち居振る舞いによる空気の動きで薫りが周囲にただようことである。▼注[12]媒介としての風もまた嗅覚に欠かせない要素であった。

結　嗅覚の「なつかし」

こうして「なつかし」と嗅覚の関連をひとわたり探ったところで、あらためて空蝉巻の和歌について考えてみたい。

㉑空蝉の身をかへてける木のもとになほ人がらのなつかしきかな　（空蝉巻129頁）

注目したいのは、この和歌が「空蝉」という巻名の由来となっていることである。従来、「人柄」に蝉の「殻」が掛けられているとされているが、それでは不十分ではないだろうか。先述したように「人香」の用例すべてに「なつかし」が用いられているのであるから、ここも積極的に「人がら」に嗅覚的な「人香」が掛けられているとすべきであろう。

そこで注釈書類を調べてみたところ、「人香」についての言及はなされていなかった。かろうじて『源氏物語の鑑賞と基礎知識⑰空蝉』（至文堂）の鑑賞欄において、

また、「人香」も「人がら」に隠されているかもしれない。源氏にとっていずれも、「なつかしきかな」であり、小袿を手にして人香を懐かしみ、空蝉を思うのである。　（49頁）

と述べられていた。表現は「隠されているかもしれない」と消極的であるが、内実は掛詞として読めることを示唆しているのであろう。この場合の「空蝉」はもともと比喩表現であり、実際の蝉とも抜け殻ともまったく無縁であった。実体としては最初にあげた「小袿のいとなつかしき人香に染める」なのである。

源氏にとって大切なのは、それが脱ぎ捨てられた空蟬の衣装であるというだけでなく、その衣装に空蟬の「人香」が染みていることであろう。そうであれば、曖昧な「人柄」以上にストレートな「人香」の方が意味は重いのではないだろうか。▼注[13] そうなると源氏物語では掛詞を含めて、用例の少ない「人香」を積極的に用いていることになる。

以上のように「なつかし」の一部の用例には、嗅覚を刺激することで生じる親しみの感情が込められていることが確認された。源氏物語ではそういった嗅覚の「なつかし」を多用しており、「香をなつかしみ」という新しい歌語表現まで案出していたのである。それは恋物語展開に嗅覚の活用が意図されたからであろう。嗅覚的な「なつかし」は、源氏物語によって方法化・深化された言葉と言えそうである。

第九章
男性から女性への「移り香」

1 問題提起「移り香」の初出

次にあげる『古今集』八七六番歌は、『源氏物語』の空蝉物語とのかかわりが非常に深い歌であると思われる。

方たがへに人の家にまかれりける時に、主の衣をきせたりけるを、朝にかへすとてよみける

紀友則

蝉の羽に夜の衣はうすけれど移り香こくもにほひぬるかな

この歌の分析から始めることにしよう。まず詞書を見ると、いかにも恋物語的なものとなっており、ついその「主」を女性と考えたくなる。▼注[1] しかしこの場合は本当の「移り香」ではなく、夜着に焚きしめてある香なのである。むしろ友則は、それを「主」の「移り香」に見立て（虚構）て面白がっているのであろう。もともとこれは雑部に配されている歌であるから、夏の夜着の薄さと香の濃さを対照させた点こそが主眼と考えられる。そうなると「主」は必ずしも女性ではなく、むしろ友則の友人、

つまり男性同士の社交辞令（疑似恋愛遊戯）と見る方が妥当ということにならないだろうか。

これを『源氏物語』と比較すると、源氏が紀伊守邸へ行ったのは、「今宵、中神、内裏よりは塞がりてはべりけり」（帚木巻74頁）と、方塞《かたふた》がりのためであった。空蝉物語が方違えによって展開している点、『古今集』の詞書から構想された可能性が非常に高い。それのみならず、

蝉の羽もたちかへてける夏衣かへすを見ても音はなかれけり　（夕顔巻158頁）

歌は、疑いなく『古今集』歌を本歌として詠まれたものである（「蝉の羽」は夏の風物[注2]）。また「主の衣」にしても、空蝉に逃げられた際、「かの脱ぎすべしたると見ゆる薄衣をとりて」（空蝉巻103頁）とある。それは「かの薄衣は小袿のいとなつかしき人香に染める」（同105頁）ものだった。その後、空蝉が伊予介に伴われて任国に下向する際、源氏は「かの小袿も遣はす」（夕顔巻158頁）と小袿を返すが、その返歌として詠まれたのがこの「蝉の羽も」歌であった。こうなると空蝉物語は、友則歌を原拠として創作されたと考えてもよさそうである。

さてここで問題にしたいのは、第一に友則歌が「移り香」の初出例であるということである。換言すれば、「移り香」は『万葉集』などの上代の文献には見出しえない語ということになる。『古今集』においても、この一例以外に用例は見当たらず、歌語としては未だに熟していない表現のようである。その上で、初出例が梅の「移り香」などではなく、見立て（虚構）である点を重視したい。これが俳諧的用法であるとすれば、少なくともこの時点では美的表現ではなかったことになるからである。同様の例は、『為頼集』（藤原為頼の家集）にも見ることができる。

正月十三日、ひとひまいりたまへりしのち、左兵衛督の宮にまいらせたまふ

あかざりし君が匂ひの恋しさに梅の花をぞけさは折りつる

みや

今もとる袖にうつせる移り香は君が折ける匂ひなりけり

これは長徳二年（九九六）正月十三日に、宮（具平親王）邸で催された梅花の宴に参集した人々の一人たる藤原公任が、翌日に宮と交わした贈答である（『公任集』にも収められているが、「移り香」が「花の香」となっている）。この場合の移り香は梅の移り香であるが、ここでも男同士の社交辞令として用いられていることに留意しておきたい。

ところで現代の読者は、「移り香」に対して何かしら官能的なイメージを抱いてはいないだろうか。そのため「移り香」という表現から、即座に女性を連想している人は少なくあるまい。もちろん古語辞典などでは、性別に関しては一切コメントされていないのだが、そのことがかえって女性の「移り香」であるという幻想（誤解）を強化・常識化しているようにも思われる。もしそうなら、夕顔巻の「扇の移り香」についても、発想の転換が必要なのではないだろうか。本稿では「移り香」の性別をポイントにして、夕顔巻の謎の解明に迫ってみたい。

2　黒須論の再検討

問題の夕顔巻は、『源氏物語』中でも特に人気の高い巻の一つであり、古来多くの読者を魅了し続けてきた。反面、解釈において不可解な部分を多く含んでいることも事実であろう。かつて私は、「夕顔物語の構造」（『源氏物語研究而立篇』影月堂文庫・昭和58年）という論文の中で、

夕顔巻の謎は必ずしも解答を求めていないのではないだろうか。むしろ宮仕え人から夕顔へのすり替え等、謎が謎として夕顔巻の怪異的背景を形成し、夕顔の性格の不統一等、説明のつかない矛盾によって、夕顔物語自体が支えられているように思われる。（4頁）

と述べたことがある。これは一面では正鵠を射ていると考えているが、反面、謎の究明を放棄しているとも受け取られかねない発言であった。ここではその反省を含めて、次の本文に関して再度分析を試みてみたい。

惟光に紙燭召して、ありつる扇御覧ずれば、もて馴らしたる移り香いとしみ深うなつかしくて、をかしうすさび書きたり。

心あてにそれかとぞ見る白露の光そへたる夕顔の花

そこはかとなく書きまぎらはしたるもあてはかにゆゑづきたれば、いと思ひのほかにをかしうおぼえたまふ。（夕顔巻113頁）

従来の研究では、「心あてに」歌の検討（誰が誰に贈ったのか、あるいは夕顔の花は誰をたとえているのかなど）に主眼がおかれており、▼注[3]そのため白い扇に深く染みた「移り香」（嗅覚）に関しては、ほとんど注意が払われてこなかったようである。この「移り香」に言及されているのは、管見では黒須重彦氏ただお

一人であろう。黒須氏は夕顔に関する御論の中で、夕顔が扇を贈った相手を頭中将と仮定された上で、

> 何故（中略）「もて馴らしたる移香、いと染み深うなつかしき」扇を贈ったのであるか。ここにも大変興味ある、作者紫式部の計算があると思われる。これはポジの世界では、源氏が「いと思ひのほかに」夕顔を「をかしうおぼえ」る一つの条件になっていると同時に、ネガの世界では、この扇の持主がこれを受けとる相手によっては（もし頭中将であったら）、直ちに分明するとの暗示になっている、ということになる。

と述べておられる（「白き扇のいたうこがしたる」平安文学研究46・昭和46年6月）。確かに本文中に「そこはかとなく書きまぎらはしたる」とあるように、もともと歌の内容も筆跡も、意図的に朧化されているのであるから、そこから歌の贈り主を判別するのは困難であろう。▼注[4] ところが「移り香」であれば、その香を嗅ぐことによって、目に見えぬ贈り主を特定（判別）できる可能性が存するのである。

ただし香であれば、先に惟光から受け取った時に香に気付いてもよさそうである。その点やや便宜的かとも思われる。加えて源氏は夕顔の花に興味を抱いていたはずであるが、ここでは夕顔の花には一切ふれられておらず、添えられた扇の方に興味が移っている。それは夕顔に香がないからかもしれない。どうやらここで白い夕顔の花は、白い扇にすり替えられているようである（この後、もはや夕顔の花は話題にものぼらない。そうなると和歌の「露」も不在となる）。

ところで黒須氏は、前述の御論中で「いたうこがしたる」について、『河海抄』の「しろき扇の香のかにしみたる也。俊成卿女説こがすとは薫物にしみたる心也。一説しろき扇のつまの香色なる歟」

という説を引用された上で、「「しろき扇のつまの香色なる歟」が妥当ではないか。視覚的特徴をいったものではないのか。つまり、この扇を見る人が一目見ればそれと分かる特徴を作者はいったのかもしれない」と注しておられる。なるほど鈴虫巻にも「香染なる御扇に書きつけたまへり」（七82頁）と、丁子染めの扇に歌を書き付けている場面があるので、『河海抄』の説もそれなりの説得力は認められる。▼注[5] 黒須氏は、嗅覚（移り香）だけでは根拠として弱いと考えられたのであろうが、しかしこれでは視覚優先となってしまい、せっかくの「移り香」（嗅覚）の重要性が薄れてしまいかねない。結局、黒須氏も「移り香」ではなく、扇そのものを問題視されているのである。

本稿の意図は、必ずしも黒須氏の説を支持することでも補強することでもない。ただ黒須氏の提示された視点が、従来看過されていた部分をえぐり出していることに注目しただけである。あくまで黒須氏の説を出発点として、むしろ黒須氏さえも重視されなかった「移り香」（嗅覚）にこだわり、他の用例の検討などを通して新たな私見を提示してみたい。▼注[6]

3　方法としての嗅覚

もちろん嗅覚の判別能力は、個人の資質・教養度・生活環境などによってかなり相違するに違いない。そのことに関しては、浮舟の乳母子右近について論じた際、少しばかり言及したことがある。それは薫の留守を狙って、匂宮が宇治の浮舟を訪れるところであるが、

いとらうらうじき御心にて、もとよりもほのかに似たる御声を、ただかの御けはひにまねびて入りたまふ。ゆゆしきことのさまとのたまひつる、いかなる御姿ならんといとほしくて、我も隠ろへて見たてまつる。いと細やかになよなよと装束きて、香のかうばしきことも劣らず。（浮舟巻26頁）

という本文に対して、私は次のようにコメントした。

右近も一応は用心するが、何しろ寝入りばなでボーッとしているし、まさかという気のゆるみで完全に騙されてしまう。右近の鼻がもっと良ければ、薫と匂宮の匂いの違いもかぎ分けるだろうが、いかんせん田舎育ちの右近には、いい匂いとしか判断できなかった。

（『源氏物語の乳母達』世界思想社248頁）

右近は匂宮の演技にまんまと騙されてしまうわけだが、ここでは「香のかうばしきことも劣らず」としか判別できなかった嗅覚能力の欠如が、重要な要素となっているのである。▼注[7] 実はこれには伏線があって、浮舟一行が宇治を訪れた際、薫がいることに気づかず、

若き人、「あなかうばしや。いみじき香の香こそすれ。尼君のたきたまふにやあらむ」。老人、「まことにあなめでたの物の香や。京人はなほいとこそみやびかにいまめかしけれ。天下にいみじきことと思したりしかど、東国にてかかる薫物の香は、え合はせ出でたまはざりきかし」。（宿木巻127頁）

と、「いみじき香」を尼君の香と勝手に決めつけていた。ここに登場する「若き人」が右近であれば、判断能力の欠如も納得される。

この例以外にも、嗅覚が重要なポイントになっている場面がいくつか見られる。例えば帚木巻における空蝉の女房中将の例をあげてみたい。源氏は空蝉を抱いて自分の寝所へ連れていこうとするが、その際、女房の中将に見つかっている。

かき抱きて障子のもとに出でたまふにぞ、求めつる中将だつ人来あひたる。「やや」とのたまふにあやしくて、探り寄りたるにぞ、いみじく匂ひ満ちて、顔にもくゆりかかる心地するに思ひよりぬ。（81頁）

この場面、中将は源氏の香をかぎわけているともとれなくはないが、しかしそれ以前に源氏の香をかいだことがあるとは考えられない。むしろ中将は、源氏が驚いて発した「やや」と言う声（聴覚）に反応しているのであり、匂いの方はかなり接近してからようやく気付いている。しかも中将は、それをただ強烈ないい匂いとしてしか受けとめておらず、必ずしも源氏固有の香として判別できているわけではなかったようだ。たまたま方違えで源氏がその邸にいることから、その強烈な香の持ち主を高貴な源氏と推定しただけなのである。空蝉側近の女房たる中将の嗅覚ですら、その程度のものだったのではないだろうか。

その意味では、源氏の「御移り香のいみじう艶に染み」（若紫巻203頁）た紫の上の御衣の匂いを嗅いでも、ただ「をかしの御匂ひ」（同）としか判別できなかった父兵部卿宮の鼻（嗅覚）は、貴族としては失格のようである。もしここで兵部卿宮が不可解な「移り香」の原因を究明していれば、源氏に娘を盗み出されるような事態は未然に防げたはずだからである。▼注[8]同様に雲居の雁付きの女房にしても、

ささめき言の人々は、「いとかうばしき香のうちそよめき出でつるは、冠者の君のおはしましつるとこそ思ひつれ。あなむくつけや」（少女巻111頁）

とあるように、「いとかうばしき香」が内大臣（頭中将）の香なのか冠者の君（夕霧）の香なのかの区別もできないのである。そのために内大臣に雲居の雁と夕霧の仲を知られてしまうという失態が生じてしまったのである。これが女房の限界であろうか。

もう一つ例をあげてみよう。橋姫巻の垣間見場面の後に、

あやしく、かうばしく匂ふ風の吹きつるを、思ひがけぬほどなれば、おどろかざりける心おそさよと、心もまどひて恥おはさうず。（110頁）

とあり、さすがに宇治の大君と中の君は薫の芳香に気付いているのだが、そのまま見過ごしてしまった迂闊さをしきりに後悔している。この反省が描かれることによって、姫君達の教養度もなんとか保たれているのではないだろうか。

その反対の例として、匂宮のすぐれた嗅覚をあげておきたい。薫が宇治の中の君に亡き大君の面影を見てしまい、そのためにやむにやまれず行動をおこしてしまうところは、

えつつみあへで、よりゐたまへる柱のもとの簾の下より、やをらおよびて御袖をとらへつ。女、さりや、あな心憂と思ふに、何ごとかは言はれん、ものも言はで、いとど引き入りたまへば、それにつきていと馴れ顔に、半らは内に入りて添ひ臥したまへり。（宿木巻76頁）

と記されている。もっとも薫はそれ以上の行動には出なかったのだが、しかし帰ってきた匂宮は、中

の君に付着した異質な匂いを見事に嗅ぎ当ててしまう。

宮は、いとど限りなくあはれと思ほしたるに、かの御移り香のいと深くしみたまへるが、世の常の香の香に入れたきしめたるにも似ずしるき匂ひなるを、その道の人にしおはすれば、あやしと咎め出でたまひて、いかなりしことぞと気色とりたまふに、事の外にもて離れぬことにしあれば、言はん方なくわりなくていと苦しと思したるを、「さればよ。かならずさることはありなん。よもただには思はじと思ひわたることぞかし」と御心騒ぎけり。さるは、単衣の御衣なども脱ぎかへたまひてけれど、あやしく心より外にぞ身にしみにける。（同82頁）

中の君にしても、用心のためにとわざわざ下着まで取り替えていたのであるが、それでも薫の「移り香」を完全に消し去ることはできなかった。[注9] それ程までに薫の体臭は強烈なわけだが、それのみならず匂宮の嗅覚能力が人一倍すぐれていることにも留意しておきたい。

その匂宮の兄である東宮も、確かな嗅覚を有していたようである。匂宮が按察大納言の子の大夫の君と共寝したため、大夫の君に匂宮の移り香が付いてしまう。そのことが母真木柱の口から、

若君の、一夜宿直して、まかり出でたりし匂ひのいとをかしかりしを、人はなほと思ひしを、宮のいと思ほし寄りて、兵部卿宮に近づききこえにけり、むべ我をばすさめたりと、気色とり、怨じたまへりしこそをかしかりしか。（紅梅巻40頁）

と語られている。一般の人には区別できないかもしれないが、東宮は大夫の君に付いた香がすぐに弟の匂宮のものであることを見抜き、だからこそ「我をばすさめたり」と怨むのである。[注10] 実の弟（肉親）

の香だからわかるのかもしれないが、少なくとも東宮の嗅覚が劣っていないことは納得されるであろう。

さて肝心の光源氏の場合、その時初めて扇の「移り香」を嗅いだとすれば、その時点で香の善し悪し（ある程度の身分や教養度）くらいは判定できるにせよ、相手の特定などは到底不可能であろう（源氏自身はその行為を宮仕え女房の仕業かと疑っている）。しかしもし仮に、源氏がこの「移り香」を以前に嗅いだことがあったとすればどうであろうか。▼注[11] いや源氏でなくても、この「移り香」を身近に嗅いだ経験がある人ならば、それが誰の香であるのかわかるのではないだろうか。つまり、黒須氏の言われるように視覚的でなくとも、もしこの「移り香」を頭中将が嗅いだとしたら、それがかつての恋人（常夏の女）の香であることくらいは容易に認識されるはずである（それくらい即座に判別できなければ一流貴族としては失格であろう）。ただしその場合は、夕顔に香の調合能力があり、夕顔独自の香を有しているという前提条件が必須となる。それが夕顔以外の女性（女房など）のものであったり、たとえ夕顔のものであっても、その後新たに調合し直した香では話にならないからである。

それにしても、歌のみならず自分の「移り香」のついた扇を、意図的に相手に示すというのは、やはり一般的な貴族女性の行為としてはやや異常ではないだろうか。この点に関しては今井久代氏も、

やはりわざわざ持ち主を偲ばせる愛用の扇を寄こしたと見るほかないが、これは嗜みある女の贈る品ではない。〈中略〉持ち主の香りの染みた品は、男には官能的な「なつかしき」品であるが、女には気恥ずかしいものであり、ふつうならば心許さぬ男には贈らない品なのである。

（「夕顔巻の「あやし」の迷路」国語と国文学73—3・平成8年3月）

と述べておられる。しかし今井論でも、肝心の「移り香」そのものに関しては、ほとんど注目されていない。

4 「移り香」の用例

ここで参考までに、「移り香」の用例を上代文学・平安朝文学に亙って調べてみたところ、次のような結果が得られた（私家集にも前述の『為頼集』をはじめとしてそこそこ用例は見られるが、ここでは省略する）。▼注[12]

1	『古今集』	一例	2	『後拾遺集』	四例
3	『三奏本金葉集』	一例	4	『千載集』	二例
5	『源氏物語』	十五例	6	『栄花物語』	一例
7	『狭衣物語』	六例	8	『夜の寝覚』	一例
9	『浜松中納言物語』	三例	10	『有明の別れ』	二例
11	『松浦宮物語』	一例			

『万葉集』を含めて、上代文学には用例が一例も見出せなかった。上代の文献に「移り香」が見当

たらないことを重視すれば、「移り香」は平安朝の貴族文化が創り出したものということになる。[注13] もっとも日常生活で実際に香を使用している割に、平安朝文学における用例数は意外に少ない。あるいは「移り香」には、プラスの香のみならず、体臭などのマイナス要素も含まれるので、やはり美意識として認められていなかったのかもしれない。

「移り香」の初出は、前述のように『古今集』の紀友則歌であった。続く『後撰集』・『拾遺集』に用例がないので、やはり歌語として定着していたとは言いがたい。『後拾遺集』に至って四例に増加しているのは、逆に『源氏物語』からの影響なのかもしれない。『金葉集』にも一例あるが、続く『詞花集』には見られない。『千載集』に至って再び二例登場するが、何故か『新古今集』にはそれが継承されておらず、八代集において歌語として流行した形跡は認められない。『後拾遺集』・『千載集』に登場している点、『源氏物語』の流行と軌を一にしているように思われるものの、肝心の『新古今集』に用例がないので、いわゆる「源氏詞《ことば》」とも認定しがたいようである。

それでは勅撰集の用例をひとわたり概観しておこう。『後拾遺集』六二一番の源兼澄歌では、

わぎもこが袖ふりかけし移り香のけさは身にしむ物をこそ思へ

と、はっきり「わぎもこ」（女）の「移り香」が詠まれている（この歌は『三奏本金葉集』に重出）。また同七五六番の清原元輔歌、

移り香の薄くなりゆくたき物のくゆる思ひに消えぬべきかな

は、詞書に「ある女に」とあるので、やはり女の「移り香」を詠じたものと考えざるをえない。『千載集』

八八三番の中納言経房歌、

移り香に何しみにけんさ夜衣忘れぬつまとなりけるものを

は題詠（移香増恋）であるから、女の立場で夜着に残った男の「移り香」を詠じたものということになる。その意味では『古今集』の読み方を踏襲しているわけであるが、既に恋歌となっている点には留意しておきたい。

その他、『後拾遺集』五五番の読人不知歌、

わが宿の垣根の梅の移り香にひとり寝もせぬ心地こそすれ

及び同六〇番の素意法師歌、

梅が枝を折ればつづれる衣手に思ひもかけぬ移り香ぞする

や、『千載集』二五番の崇徳院歌、

春の夜は吹きまふ風の移り香を木ごとに梅と思ひけるかな

などは、春の部における梅花の「移り香」の用例である。こういった自然の「移り香」の用例が意外に少ないことも、特徴の一つであろう。また『後拾遺集』以降において、幻想的な恋の雰囲気を有する歌語として、女性的美的な「移り香」を詠じる傾向が見られることにも留意しておきたい（私家集にも若干見られるが傾向はほぼ同じ）。これも『源氏物語』の影響であろうか。

それに対して散文はどうかというと、管見では『源氏物語』以前の用例が一切見当たらなかった。参考までに『源氏物語』以後を見渡しても、『栄花物語』に一例、『狭衣物語』に六例、『夜の寝覚』

に一例、『浜松中納言物語』に三例、『有明の別れ』に二例、『松浦宮物語』に一例と、やはり用例は少ないようである。こうなると散文の特徴としては、『源氏物語』が初出であるのみならず、用例数が他と比べて異常に多いことがあげられる。

参考までに『源氏物語』以降の用例をあげておこう。

1打橋渡らせ給よりして、此御方の匂ひは、只今あるそら薫物ならねば、もしは何くれの香の香にこそあんなれ、何共（なども）かかへず、何ともなくしみ薫らせ、渡らせ給ての御移香は他御方々に似ず覚されけり。（大系本『栄花物語』上巻202頁）

2この扇を見れば、ただ一夜、持ち給へりしなりけり。移香のなつかしさは、ただ、袖のうちかはしたりし匂ひにもかはらで、真名・仮名を書きまぜたるを、（大系本『狭衣物語』巻一106頁）

3白き色紙なども、なべて見ゆるにはあらぬが、少ししぼみて移香なども世の常の人のとはおぼえずしみ深うて、（大系本『狭衣物語』巻二132頁）

4わが着給へる白き御衣のなよなよと着なされたる、移香、所狭きまで薫り満ちたるを、（大系本『狭衣物語』巻二213頁）

5らうたげにうち鳴きて、近う参りたる、御衣の移香、羨ましくて、かき寄せ給へれば、（大系本『狭衣物語』巻三296頁）

6薄鈍なる御扇のあるを、せちにおよびて取らせ給へれば、懐しき移香ばかり、昔に変らぬ心地するに、（大系本『狭衣物語』巻四351頁）

7珍しき御移香さへ、なべてならぬ匂ひうち薫たるも、いとど、恋しうおぼえ給ひて、
（大系本『狭衣物語』巻四434頁）

8我身にしめたる母君のうつり香、まぎるべうもあらず、さとにほひたる、なつかしさ増りて、一重のへだてだになくて臥させ給たるに、
（大系本『夜の寝覚』253頁）

9その夜通ひし袖の移り香は、ひゃくぶのほかにもとほるばかりにて、よのつねの薫物にも似ず、
（大系本『浜松中納言物語』190頁）

10たづねあふべき方もなきままに、うつり香しみし恋の衣ひきかけつつ、（大系本『浜松中納言物語』191頁）

11常に弾きならし給ひける人の、移香なつかしう染みて、しらべられたりけるを
（大系本『浜松中納言物語』324頁）

12さるべき御衣など、少将が心しらひたてまつれり。御うつり香にぞおぼしなぐさむ心地する。
（創英社『有明けの別れ』292頁）

13そこはかと思ひもわかぬうつり香に下の心のなほまどふらん
（創英社『有明けの別れ』292頁）

14とどめし袖のうつり香につけては、枕さだめむかたもなく、いかにねし夜のかなしさの、身をせむる心地すれば、
（角川文庫『松浦宮物語』89頁）

各用例の詳しい検討は省略せざるをえないが、『狭衣物語』の三例を除けば、他は全て女性の「移り香」であった（植物の用例なし）。『夜の寝覚』の用例8など、まさこ君に母（寝覚の上）の移り香が付いていたので、寝覚の上を慕う帝は、まさこ君を代償として愛撫している場面である。これは源氏が小君を

空蝉の代償としていることとの一歩進んだバリエーションであろう。また柏木が女三の宮の唐猫をかわいがる一件とも類似している。『狭衣物語』の場合、前の三例2・3・4は男性（狭衣）の「移り香」であり、後の三例は5（源氏の宮）・6（女二の宮）・7（源氏の宮）のように女性となっている。このうちの2は夕顔の、5は柏木のパロディであり、ここからも『狭衣物語』における『源氏物語』の重要性が理解される。また2・6のように、男女両方に扇の移り香が見られる点にも留意しておきたい。

なお、『狭衣物語』巻四で狭衣が式部卿宮の姫君に接近する場面に、

こなたざまに来るままに、「人も久しうおはしまさぬこの御方にしも、おぼえなき匂ひこそすれ。あなむつかし。紙燭やさきまし。いと暗し」とて、たち帰りたれば、（大系本『狭衣物語』巻四399頁）

とある。これは姫君の弁の乳母が狭衣の香を真っ先にかぎ取っているのであるから、一応乳母としての用心深さは合格と言えよう。

『有明の別れ』の用例12は、左大臣の夜着を少将が用意するが、左大臣はその夜着の「移り香」（夜着そのもの）を女院のものと思っている。そのため13のような歌を詠じ、またその夜着を持ち帰るわけだが、これなど『古今集』歌を下敷きにしているだけでなく、空蝉の例も踏まえているのではないだろうか。ただしこの「移り香」が本当に女院のものかどうかは未詳。左大臣の嗅覚能力にも問題があるかもしれない。

なお、藤原定家の作とされる『松浦宮物語』の用例14は、謎の梅里の女（実は母后）の強烈な「移り香」であった。ところが肝心の男主人公（弁少将）の嗅覚能力は平凡で、なかなか薫りによる人物の謎（特

定）に気付かず、読者の方がじれったくなる（14）。この趣向は、むしろ積極的・意識的に仕組まれたものであろうか（もちろん梅も牡丹も中国趣味の花であった）。

5 『源氏物語』の特徴

それでは肝心の『源氏物語』における用法は、どのようになっているのであろうか。『源氏物語』の「移り香」全用例十五例の分布は、

夕顔巻　一例　①扇の（113頁）
若紫巻　一例　②源氏の（203頁）
薄雲巻　一例　③源氏の（64頁）
真木柱巻　一例　④火取りの灰の（154頁）
紅梅巻　一例　⑤匂宮の（40頁）
橋姫巻　一例　⑥薫の（119頁）
椎本巻　一例　⑦薫の（166頁）
総角巻　二例　⑧薫の（189頁）・⑨匂宮の（224頁）
宿木巻　四例　⑩薫の（73頁）・⑪薫の（82頁）・⑫薫の（83頁）・⑬薫の（84頁）

東屋巻　二例　⑭薫の（165頁）・⑮匂宮の（188頁）

となっているが、この中に植物の例は認められない。問題の夕顔巻の用例は、『源氏物語』のみならず物語全般における初出例ということになる。歌語としては比較的消極的であり、宿木巻において中の君と薫の仲を疑う匂宮の、

⑫また人に馴れける袖の移り香をわが身にしめてうらみつるかな

歌一例だけしか用いられていなかった（「袖の移り香」も八代集に用例なし）。全体としての傾向は、続編に用例の大半が集中しており、積極的に続編世界のキーワードと言えるかもしれない。特に薫の八例が突出している点には留意しなければなるまい。▼注[15] それのみならず個人として用例を有するのは、薫以下、匂宮（三例）・源氏（二例）と物語の男主人公二人だけであり、逆に夕顔巻と真木柱巻の用例の方がむしろ特異例ということになる。

その真木柱巻の例は、

④昨夜のは焼けとほりて、疎ましげに焦がれたる臭ひなども異様なり。御衣どもに移り香もしみたり。（154頁）

となっている。この場合の「移り香」は香の匂いではなく、火取りの灰によって焼け焦げた異臭であり、むしろ例外として処理すべきであろう（美意識からははずれる）。それにしても鬚黒《ひげくろ》の衣服に焚きしめるための火取りであるから、それはやはり鬚黒の香であって、それを北の方の香とするのはためら

われる（あるいは性格上独自性を付与されていないのかもしれない）[注16]。

そうなると、夕顔巻の用例だけを女性の「移り香」と解することに疑問が生じてくる。だからといって、女性の「移り香」とする解釈を全面否定するつもりはない。前述のように『源氏物語』以降の用例は、必ずしも男性に限定されているわけではなく、『古今集』と『狭衣物語』を除いては女の「移り香」なのであるから、そう簡単に夕顔巻を例外とするわけにはいくまい。それにしても『源氏物語』以前の用法としては『古今集』しかないわけで、それを踏襲していると見れば、必然的に男性の「移り香」をこそ最初に想定してしかるべきではないだろうか。逆に考えれば、むしろ『源氏物語』においては、女性の「移り香」が表出されていない点こそが特徴ということになる[注17]。少なくとも文学史的に『源氏物語』まで男性の「移り香」で統一できるとすれば、問題はむしろ『源氏物語』以降の用例が、突然それを女性に変容・固定していることの方にあろう。そしてその過渡期・変換期が『狭衣物語』ということになる。もちろん『古今集』からして疑似恋愛的用例であるから、男女の転換は容易だったはずである。

ところで『源氏物語』は、何故重要な女性の「移り香」―たとえば藤壺・六条御息所・朧月夜など―を物語展開の契機として利用しなかったのであろうか。光源氏と取り換えた朧月夜の扇にしても、「ゆゑなつかしうもてならし」（花宴巻87頁）たものであるにもかかわらず、その「移り香」についてはー切コメントされていない（源氏は扇で相手を特定できていない）。同様に葵祭りの折に源典侍が「よしある扇の端を折りて」（葵巻104頁）歌を詠みかけた扇にしても、「移り香」に関しては何も書かれていないのである。そうなると夕顔の用法は、やはり相当特殊ということになってくる。

ここで試みに発想を百八十度転換して、問題の扇を夕顔自身のものではなく、かつて頭中将が夕顔の所に置いていった（あるいは交換した）扇と見ることはできないだろうか。今までは夕顔側から贈られた扇ということで、無批判かつ盲目的に夕顔の扇・夕顔の「移り香」だと思い込んでいたのではないだろうか（従来の研究において男性の「移り香」としているものは皆無）。それが用例的に読者の幻想であることは、今までの考察から納得されるに違いない。また、単に扇による伝達という点では、何も夕顔の持ち物でなくてもかまわないはずである。というよりも、自分の扇を相手に示すよりも、相手の扇を本人に示す方がより効果的ではないだろうか。しかもそれが頭中将の扇であるとすれば、当然そこに残る「移り香」は頭中将本人のものであるから、『源氏物語』中の用法にも反しないことになる。

もっとも頭中将は夕顔と別れて久しいので、当然「移り香」も時間の経過の中で薄れているはずである（黒須氏が消極的なのはそのためかもしれない）。しかし夕顔側がその扇を形見として大切に保管していたとすれば、それも大きな欠点にはなるまい。また夕顔側にしても、自分の扇ではない分、たとえ人違いをしたとしても、それによって自身の身元が割れる気遣いはないのである（ただし同じ手は二度と使えない▼注[18]）。

結　私案提起

以上、夕顔巻における黒須氏の御説を起点として、「移り香」の用例を広く調査し、その用法から様々に考察してきた。その結果、夕顔巻における「移り香」は物語における最初の用例であること、また基本的には男性の香が女性に移ることが明らかになった。それにもかかわらず、これまでは女性（夕顔）の「移り香」として無批判に読んでいたようである。もしそれを例えば頭中将の香と仮定すれば、それこそ源氏は持ち前の嗅覚能力によって、すぐに扇の持ち主が頭中将であることを察知するであろう。

いずれにせよ、扇の「移り香」が頭中将を想起させるものだからこそ、続く「この扇の尋ぬべきゆゑありて見ゆるを」（夕顔巻113頁）にしても、既に頭中将を意識しての発言として、合理的に解釈されることになるのである。だからといって、すぐに相手の女性が常夏の女であると気付くわけではない。頭中将もそれなりの女性遍歴を有しているし、源氏の感想にも「さらば、その宮仕人ななり」（同114頁）・「いかなる人の住み処ならん」（同115頁）などとあるので、源氏の中で確信されているわけではないからである。それにしても夕顔への異常なまでの執着や、「雨夜の品定め」とのかかわりに関しては、頭中将を意識してはじめて常夏の女が浮上するのではないだろうか。[注19] 逆にこれを夕顔側の女性の「移り香」と解釈する限り、そこから頭中将を連想することは、後の惟光の報告まで待たねばならないし、そこから常夏の女を連想することも難しいのではないだろうか。

もちろんこのように解釈したところで、それで夕顔巻の謎が完全に氷解するわけではないが、[注20] 嗅覚という視点から、やや停滞しつつある現在の研究状況に一石を投じることはできたと思われる。少なくとも『源氏物語』には、自然の「移り香」や女性の「移り香」の例が用いられていないことを特記・

強調しておきたい。ただ不思議なことに、肝心の夕顔の花も扇の「移り香」も、その後の物語展開に全く利用されないまま放置されてしまっている。どうやら『源氏物語』における「移り香」の有効な活用は、宇治十帖までもうしばらく待たなければならないようである。

第十章 漂《ただよ》う香り「追風《おいかぜ》」——源氏物語の特殊表現

1 問題提起

源氏物語の表現を考える際、私は次の三点を念頭において、その特性を見極めるようにしている。
①平安朝語であるかどうか
②歌語であるかどうか
③女性語であるかどうか

まず①については、上代に用例があるかどうかをチェックするわけだが、上代の文献に用例が認められず、平安朝の文献を初出例とするものが意外に多い。それを平安朝語としたい。②は勅撰三代集などに用いられているかどうかであるが、源氏物語には『古今集』などからの引歌が多い反面、「夕顔」のように今まで和歌に全く用いられてなかったいわゆる非伝統的な語が、源氏物語で初めて和歌に詠み込まれる例もしばしば認められる(非歌語)。その意味で源氏物語は物語でありながら『後拾遺集』の先取りと言えそうである。③女性語の認定は簡単ではないが、漢語(公用語・男性語)と対立する和語・

和訓も多く用いられているようである。特に形容詞・形容動詞の複合表現の中には、源氏物語独自のもの（女性語）が少なくない。その他、文語と口語の使い分けや方言などの使用も認められる。

そういった中にあって、ここで取り上げた「追風」という語は、必ずしも平安朝語ではないものの、源氏物語においてその用法が異常と思えるほど大きく変化しているものである。それのみならず、せっかく源氏物語が新たに開拓した用法であるにもかかわらず、後世の作品にほとんど継承されていないこともわかった。つまり源氏物語の中で発生しかつ終息していることになる。これなど平安朝的用法という以上に源氏物語の特殊用法として定義されるのではないだろうか。

2　「追風」の本義

そもそも「追風」の初出を調べてみたところ、古く『古事記』・『日本書紀』に一例ずつ用いられていることがわかった。まずその用例を検討しておこう。

『古事記』の用例は中巻にある有名な神功皇后の新羅親征の条に、

爾《しか》くして順風《おひかぜ》、大きに起り、御船、浪に随ひき。故、其の御船の波瀾《なみ》、新羅之国に押し騰《あが》りて、既に半国《くになか》に到りき。（新編全集247頁）

と出ている。ここでは「順風」を「おひかぜ」と訓《よ》んでいるわけだが、必然的に船の進む方向に吹く風（「向かい風」の反対）という意味になる。次に『日本書紀』であるが、『古事記』と同様に神功皇后

の新羅親征の条に、

則ち大風順《おひかぜ》に吹き、帆船《ほつむ》波に随ひ、梶楫《かぢかい》を労《いたつ》かずして便《すなは》ち新羅に到る。時に、船に随へる潮浪《うしほ》、遠く国中に逮《みちいた》る。(新編全集上巻427頁)

とあって、ここでは「順」一字を「おひかぜ」と訓ませている。『日本書紀』では「順」だけであるし、直前に「大風」とあるのだから、船の進む方向という意味でも可能のようである。また『古事記』では「御船」とだけあって曖昧であったが、『日本書紀』にははっきり「帆船」(帆船)とあるので、風が動力であることがわかる。

『古事記』・『日本書紀』に一例ずつ用例の認められる「おひかぜ」であるが、何故か『万葉集』には用例が認められないので、少なくとも上代においては歌語ではなかったことになる。また表記が「追風」ではなく「順風」もしくは「順」なので、その意味も帆船の進む方向に吹く風(それによって船を早く進める)という限定用法と見て問題なかろう。そのためか『時代別国語大辞典上代編』(三省堂)では「船などの進むのと同じ方向に吹いて、船を後から追い進める風」とだけあって、それ以外の意味は一切記されていない。付け加えるならば、その「順風」が神意の表出と読めることである。

ところが『日本国語大辞典』(小学館)になると、意味が六項目に広がっている。

①うしろから吹いてくる風。⟷向かい風。

②船の進む方向に吹く風。おいて。順風。⟷向かい風。

③物の香りを吹き送ってくる風。

④特に、着物にたきしめた香や、たいている香の薫りをただよわせてくる空気の動き。↓追い風用意。
⑤人が通ったときに生ずる空気のかすかなゆれ。
⑥すぐれた馬。逸馬。

初出である「順風」が二番目になっているのは、用例数の差であろうか。それに対して『古語大辞典』（角川書店）では、

①順風。船などの進むのと同じ方向に吹いて、船を後ろから追い進める風。「おひて」とも。
②後ろから吹いて来る風。
③花や香りを吹き送る風。
④衣などにたきしめた香を吹き伝える風。

と、順風を第一義に出している。これは初出を重視しているのであろう。「後ろから吹いてくる風」は順風に近いものであるが、船とは無縁のようである。③④については、単純に「風」となっているが、『日本国語大辞典』の⑤では「空気の動き」と微妙な表現をとっているので、そのニュアンスの違いも考察してみたい。▼注[1]

3 「追風」の用例（順風の継承）

平安朝の『竹取物語』には、倉持の皇子の作り話の中に、

船に乗りて、追風吹きて、四百余日になむ、まうで来にし。大願力にや。難波より、昨日なむ都にまうで来つる。（新編全集33頁）

とあって、行きは五百日かかったが、帰りは追風が吹いて四百日余りで着いたというのであるから、これは間違いなく帆船の受ける順風であろう。また「大願力にや」とあることから、ここにも霊力の加護が看取される。この用法は『土佐日記』にも継承されている（2）。一月二十六日条に海賊が追ってくるという噂が伝わり、そのため楫取が手向けをすると、幣《ぬさ》が東の方（船の進行方向）に散った。そこで女童が、

これを聞きて、ある女の童のよめる、
わたつみのちふりの神に手向けする幣の追風やまず吹かなむ（新編全集38頁）

と詠じている。その祈りが届いたのであろう、

このあひだ、風のよければ、楫取いたく誇りて、船に帆上げなど、喜ぶ。（同頁）

と順風（西風）が吹いたので、喜んで帆を上げて船を進ませている。ここにも手向けの神の霊力が看取される。それに続いて、

淡路の専女《たうめ》といふ人のよめる歌、
追風の吹きぬるときは行く船の帆手うちてこそうれしかりけれ（同39頁）

ともあるが、二例とも第一義的な順風で問題あるまい。これは作者紀貫之が土佐（任国）から京都へ帆船で旅行（帰国）しているからである。海上つまり帆船に乗っている以上、順風以外の意味は考え

にくい。

次に源氏物語須磨巻の例をあげてみたい。


道すがら面影につと添ひて、胸もふたがりながら、御舟に乗りたまひぬ。日長きころなれば、追風さへ添ひて、まだ申の刻ばかりに、かの浦に着きたまひぬ。（新編全集186頁）

源氏の乗った船がどの程度の大きさだったのかわからないが、ここでは帆船と考えて「順風」の意味としておきたい。本来京都は海に面していないので、帆船に乗る機会など滅多にないはずであるが、ここは須磨流謫ということで源氏は「追風」を体験することができたわけである。なおこの部分の解釈に関して、小西甚一氏は「日の永いころなので、追い風までが加わって、まだ申の時ぐらいに、その浦にお着きになった」と訳された上で、

日が永かろうが短かろうが、道中の所要時間にかわりはないはず。出発は何時にもせよ、日が永いから到着は午後四時になってしまったとは、どうも理屈がおかしい。〈中略〉この疑問は、しかし、ごく簡単に解決できる。つまり、伸び縮み時間で考えれば、あたりまえの話なのである。

（「複数の時間」『古文の読解』ちくま学芸文庫）


と述べられている。しかしここは不定時法を持ち出すよりも、まさに追風の作用によっていつもよりずっと早く到着したという意味ではないだろうか。「まだ申の刻ばかりに」というのは、まだ日の沈まぬうちにとでも訳しておきたい。

それは『大鏡』実頼伝の藤原佐理の例も同様である。能書ゆえに三島明神から額の執筆依頼を受け

ると、

さて、伊予へわたりたまふに、多くの日荒れつる日ともなく、うらうらとなりて、そなたざまに追風吹きて、飛ぶがごとくまうで着きたまひぬ。（新編全集100頁）

とたちまち海は穏やかになり、順風も吹いて飛ぶように早く着いている。[注3]これも三島明神の加護が働いているのであろう。また『今昔物語集』巻第三十一の第二十一「能登国寝屋島語」に見られる、

亦其より彼の方に猫の島と云ふ島有なり。鬼の寝屋より其の猫の島へは亦負風一日一夜走てぞ渡るなり。（新編全集四544頁）

もあげておきたい。ここに「負風」[注4]とあるが、背に負う風であるから、これも順風と見て間違いあるまい。ついでに『松浦宮物語』もあげておこう。

道のほどことに変れるしるしもなし。追ひ風さへほどなくて、三月二十日のほどに、大宰府に着きたまひぬ。（新編全集26頁）

これは遣唐副使に任命された主人公氏忠が出発するところであるので、やはり順風で問題あるまい。ここまで順風の流れを確認してきたわけだが、平安朝を通じてわずかながらも順風の意味で用いられていることがわかった。その例の多くには神意の表出が認められそうである。また『土佐日記』が二例とも和歌である点に注目したい。手向けという制約はあるものの、『土佐日記』に至って「追風」が初めて和歌に詠み込まれたからである。

4　和歌への転移

そこで次に勅撰集の用例がどうなっているのかを調べてみたところ、

『後撰集』　1（七七八）　『金葉集』　1（三〇〇）
『千載集』　2（一七三・三一五）　『新古今集』　1（一〇七二）
『玉葉集』　1（二二三六）　『続千載集』　1（七七五）
『風雅集』　2（四一一・一七二六）　『新千載集』　1（七六七）
『新拾遺集』　1（一三一一）　『新後拾遺集』　2（一三四・二七一）

という結果になった。全用例は十三例とかなり少ないこと、『古今集』に用例が見られないことをまず確認しておきたい（『万葉集』になし。私家集の用例も少ない）。勅撰集での初出は『後撰集』七七七・七七八番の贈答、

あひ知りて侍ける人のまうで来ずなりて後、心にもあらず声をのみ聞く許にて、又音もせず侍ければ、つかはしける　よみ人しらず
雁が音の雲ゐはるかに聞こえしは今は限の声にぞありける
返し　兼覧の王

今はとて行帰りぬる声ならば追風にても聞こえましやは

である。▼注[5] この「追風」は海とも船とも無縁であり、声の遠達性がポイントになっていると思われる。贈歌（七七七番）の詞書に「声をのみ聞く」とあるので、男の声は間違いなく女に届いていた。そのため工藤重矩氏は『後撰和歌集』（和泉古典叢書）の注で、反実仮想風に「たとえ追風であっても聞えはしなかったでしょうに」と説明しておられる。これも男ならぬ雁を主体にすると、追風を受けて女から遠ざかっていくのであるから、当然鳴き声も雁と一緒に遠のいていくわけである。

どうやら「追風」には風が「声」を乗せて遠くへ届けるという、聴覚に関わる機能が存しているようである。『後撰集』の例も第一義から転じて、追風によって声を運ぶという用法が加わったと見ることができそうである。そこで他の勅撰集の例を調べてみたところ、『千載集』三一五番の、

湊川夜ぶねこぎいづる追風に鹿の声さへ瀬戸わたるなり

が見つかった。これは船であるから第一義的な意味で良さそうである。「漕ぎいづる」とあるのが気になるが、『土佐日記』でも「漕がしめたまへ」とあったので問題あるまい。ここは順風に乗って、鹿の鳴き声が船と一緒に海峡を渡るというのである。これについては新大系の脚注に「夜間舟行の話主の背を追ってくる鹿の音」とあるように、「追風」は船の背後から吹く風でもあった。

おそらくこういう例によって、「後ろから吹いてくる風」の意味が辞書に立項されたのであろう。こうしてみると上代以来の第一義的用法は、勅撰集の世界でも継承されていたことがわかる。『新古今集』一〇七二番の、

追風に八重の潮路をゆく舟のほのかにだにも逢ひ見てしがな

も、舟が追風に乗って遠ざかっていくという第一義的な例のようである。ただし既に『後撰集』において海や船から逸脱した歌が存しており、また『千載集』に聴覚に関わる歌が登場していることも事実である。さらに私家集を見ると、かなり早い時期に順風では解釈できない異質な用法が出現していた。その初出は『伊勢集』の、

花の散りくる家にて

追風のわが宿にだに吹き来ずはゐながら空の花を見ましや　（一一二番）

である。散る花びらが「追風」によってわが宿に運ばれて来るというのであるから、海でも船を進める順風でもないことはもちろん、背後から吹く風という解もあてはまらない。▼注[6] これは『古語大辞典』（角川書店）にある③「花や香りを吹き送る風」がふさわしいのではないだろうか。おそらく『伊勢集』は、和歌に初めて「追風」が詠み込まれたのみならず、その際に用法も大きく変容したことになる（『伊勢集』は視覚、『後撰集』は聴覚となる）。

それが『恵慶法師集』になると、

追風のこしげき梅の原行けば妹が袂の移り香ぞする　（二一〇番）

と嗅覚が詠まれている。これは「追風」が梅の香を吹き送ってくるというものだが、こういった例は風が香りを運んでくるところに最大の特徴があると言えそうである。そうなると、作者にとってはむしろ向かい風に近いのではないだろうか。なお恵慶歌は梅の香を女性の「袂の移り香」に見立ててい

る点が注目される。自然の香りが人工の香りに変容するのはもはや時間の問題であろう。いずれにせよ「追風」に嗅覚の要素が付加された点に留意しておきたい。それは後の、

浮雲のいさよふ宵のむら雨に追風しるく匂ふたちばな　（『千載集』一七三番）

にも継承されている。新大系の脚注には「湿度が高いと香りは強まる」（60頁）とある。また「追風」の意味として、

後から吹いてくる風。通り過ぎたあとに香りが漂う。▽降りみ降らずみの宵の外出で、ふと吹きぬけていった風の後に漂う橘の薫香。とある邸前に立ちやすらう貴公子―物語の主人公などが話主に想定されている。　（同頁）

ともコメントされている。ここも必ずしも作者の後ろから吹く風ではなく、香りを運ぶ風でよさそうであるが、確かに花散里巻や幻巻の一場面を想起させる歌である。

5　若紫巻の「追風」

『恵慶法師集』で浮上した嗅覚にまつわる「追風」は、源氏物語において最大級に活用されている。まず若紫巻の例を検討してみたい。北山に療養に行った源氏の移り香が、

南面いときよげにしつらひたまへり。そらだきもの心にくくかをり出で、名香の香など匂ひ満ちたるに、君の御追風いとことなれば、内の人々も心づかひすべかめり。　（新編全集211頁）

と「追風」によってあたりに香ってくる。祖母尼君の焚く「空薫き物」をベースとして、仏道修行に用いる「名香の香」も漂っており、そこにさらに源氏の衣服に焚きしめられた香が「追風」として加わっているのであるから、三種の異なる香りがミックスしていることになる。既に二種の香が充満しているところへ源氏が現れたことで、特別な香りが漂ってきたものだから、さぞかし女房達も緊張したことだろう。

ただしここは必ずしも物語展開上重要な場面ではないために、これまでほとんど問題にされなかった。そのため現代人は「追風」という語に接しても、驚きもしないようである。しかしながら当時の読者は、おそらく相当な違和感を抱いたに違いない。というのも、これが順風でないことはもちろんだが、室内ということで自然の風も吹いていないからである。これについては、萩原広道の『源氏物語評釈』に興味深い注が付けられている。

おひ風とはうしろよりふく風をいふが常なれど、ここは御衣にしめ給へるたきものの香の、あゆみ給ふ跡に残る事を転じていへりときこゆ。さて源氏の君のかをりは名香にもまさりて異なりと也。（皇學館書院353頁）

ここには従来の「後ろから吹く風」という意味とは大きく異なっていることが示唆されており、その慧眼《けいがん》のするどさに感心させられる。無風状態の中、源氏が歩くことで空気がわずかに乱される。その微妙な乱れによって、源氏の衣装に焚き込められた香りが、源氏の周囲に拡散するのである。これぞまさに平安朝貴族の雅な世界の具現ではないだろうか。こうなると同じ「追風」でありながら、上代から継承されてきた帆船を進める順風と、若紫巻の嗅覚を刺激する用例との間には、理解しがたい溝があることになる。それを埋めるべき『恵慶法師集』の例でさえも、自然に吹いてくる風という制約を超えるものではなかった。要するに若紫巻の「追風」は、源氏物語において新たに開拓された特殊用法（あるいは誤用？）ということになる（ここから『日本国語大辞典』の⑤が立項目されたのであろう）。

この「追風」に敏感に反応したのが『徒然草』四四段の、

夜寒の風にさそはれくるそらだきものの匂ひも、身にしむ心地す。寝殿より御堂の廊にかよふ女房の追風用意など、人目なき山里ともいはず、心づかひしたり。（116頁）

である。これを若紫巻と比較すると、主体が源氏と女房という相違はあるものの、山里という場所の類似のみならず、「そらだきもの」「匂ひ」「心づかひ」などの言葉の共有が認められる。「夜寒の風」は自然の風であり、また名香も焚かれていないが、「追風」は「寝殿より御堂の廊にかよふ」とあるので、女房の往来によって香りが漂うのであろう。ここまで状況設定が一致しているのであるから、これは決して偶然の一致ではなく、『徒然草』が若紫巻の描写を意図的に引用していると考えたい▼注[7]。

しかもここに出ている「追風」ならぬ「追風用意」はかなりの特殊表現らしく、他に用例が一切見られない。ひょっとするとこれは兼好法師が源氏物語を踏まえて考案した造語である可能性も存する。「追風」にほんのり香ってくるように衣装に香を焚きしめるという雅な行為を、この言葉によって説明しているのである。もしそうなら兼好法師は、若紫巻の「追風」が従来の意味とは大きく異なっていることを、「追風用意」という造語によって喚起していることになる。

6　源氏物語の特殊な「追風」

何も若紫巻だけが特例なのではない。源氏物語には「追風」が十二例も用いられており、その用例数だけでも突出しているのであるが、そのうちの九例までもが嗅覚と関わるものなので、完全に「追風」の用法そのものが逆転していることになる。

若紫巻　1　花散里巻　1　朝顔巻　1　須磨巻　1　初音巻　1
螢巻　1　野分巻　1　幻巻　1　匂宮巻　2　椎本巻　1　東屋巻　1

九例のうちの二例は、『恵慶法師集』と同様に植物の香りであった。▼注[8]紫の上が亡くなった後、五月雨の頃に夕霧が源氏を尋ねたところでは、

花橘の月影にいときはやかに見ゆるかほりも、追風なつかしければ、「千代をならせる声」もせなんと待たるるほどに、（幻巻539頁）

と花橘の香りが「追風」によって運ばれている。この場合も後ろから吹く風というよりも、夕霧や源氏のいる方向に香りを送る風（むしろ向かい風）と解した方がわかりやすい。次に暴風（野分）見舞いの使者として、夕霧が六条院の秋好中宮のもとを訪れた際は、

霧のまよひは、いと艶にぞ見えける。吹き来る追風は、紫苑ことごとに匂ふ空も香の薫りも、触ればひたまへる御けはひにやと、いと思ひやりめでたく、心げさうせられて、立ち出でにくけれど、（野分巻274頁）

と記されている。この例は一見すると前栽の花の香りを自然の風が運んでいるようにもとれそうである。しかしながら紫苑はほとんど匂わない植物であった。そのため河内本では本文が「じじうのかことにほふ」とあって、薫物の「侍従」に変わっている。その後も文意が通じがたいのだが、『岷江入楚』では、

箋云、しをにの詞可然。紫苑をいへり。此中宮の住なし給へるありさまは、秋の籬に匂はぬ花まても、みすの中の追風の香にしめるやうなると、まめやかに、宮のそでにふれ給ふにやとおぼゆる、心にくきけしきをいへり。匂はぬ紫苑を云出して、ことごとく、秋の花共、おのが匂ひにはあらで、かうの香にしみけると、云なせり。されば、ことごとにほふらんかうのかをりと、引つづけ見るべし。（国文名著刊行会三62頁）

と解しており、これが現代の通説となっているようである。要するに室内にいる秋好中宮の香りが「追風」となって、前栽の匂いのない紫苑に移り香を残しているというのである（残香性）。それが可能かどうかは別にして、中宮の「追風」が遠く夕霧の嗅覚にまで届いていることになる。そうなるとこの例も植物ではなく薫物に分類すべきであろうか。

他の七例は人工的な薫物である。朝顔姫君を尋ねた源氏は、

暗うなりたるほどなれど、鈍色の御簾に黒き御几帳の透影あはれに、追風なまめかしく吹きとほし、けはひあらまほし。

(朝顔巻473頁)

と感じている。桃園式部卿の喪中ということで、色彩は鈍色《にびいろ》・黒に統一されていた。「なまめかし」い「追風」はその状況に不釣り合いな感もある。若紫巻との違いは、動いている源氏の「追風」ではなく、じっとしている朝顔姫君の「追風」が匂っていることである。「吹きとほし」とあるので、朝顔姫君の背後から源氏の方に(内から外へ)風が吹いているのであろう。これに近い例として、源氏が六条院の冬の町の明石の君を尋ねたシーンがあげられる。

暮れ方になるほどに、明石の御方に渡りたまふ。近き渡殿の戸押し開くるより、御簾の内の追風なまめかしく吹き匂はかして、物よりことに気高く思さる。正身は見えず。

(初音巻149頁)

ここも「なまめかし」い「追風」が吹いている。渡殿の戸が開いたことで、室内の香りが外に流れて源氏に届いたのであろう。興味深いことに「正身は見えず」とあるので、この「追風」は明石の君の衣装に焚きしめられた香りではなく、空薫き物の香りということになる。もしそうなら朝顔姫君の場合も、必ずしも本人の香りでなくてもかまわないことになる。やや複雑な例として、

いといたう心して、そらだきもの心にくきほどに匂はして、つくろひおはするさま、〈中略〉夕闇過ぎて、おぼつかなき空のけしきの曇らはしきに、うちしめりたる宮のけはひも、いと艶なり。内よりほのめく追風も、いとどしき御匂ひのたち添ひたれば、いと深く薫り満ちて、かねて思ししよりもをかしき御けはひを心とどめたまひけり。

(螢巻198頁)

があげられる。「いといたう心して、そらだきもの心にくきほどに匂はして」(同頁)と、若紫巻と同様に基調として空薫き物が香っていた。肝心の玉鬘や螢兵部卿の香りは一切説明されておらず、側に控えている源氏の香りが「追風」として螢兵部卿の鼻を刺激している。この場合も室内は無風状態であろうから、光源氏の微妙な動きによって「追風」が生じていることになる。もちろん螢兵部卿の嗅覚能力も抜群であった。

生まれつき体に芳香を持つ薫には、「追風」が三例も付与されている。まず、

> 香のかうばしさぞ、この世の匂ひならず、あやしきまで、うちふるまひたまへるあたり、遠く隔たるほどの追風も、まことに百歩の外も薫りぬべき心地しける。(匂宮巻26頁)

とあるように、百歩香のように遠くまで香りが届くと滑稽なまでに誇張されている。この「追風」は香りの遠達性であるから無風でかまわないし、また薫の動きも不要と思われる。それに続いて、

> 秋の野に主なき藤袴も、もとの薫りは隠れて、なつかしき追風ことにをりなしがらなむまさりける。(同27頁)

ともあり、香気のある藤袴も「追風」で漂う薫の芳香に圧倒されてしまうとされている(「なつかし」もキーワード)。これなど先の野分巻の秋好中宮の紫苑の例と類似していることになる。

また薫が浮舟のいる三条の隠れ家を訪れた際、あいにく雨が降ってきた。薫が、

> さしとむるむぐらやしげき東屋のあまりほどふる雨そそぎかな
>
> とうち払ひたまへる追風、いとかたはなるまで東国の里人も驚きぬべし。(東屋巻91頁)

と袖の雫を払ったところ、その所作によって強烈な芳香が漂ったとある。香りは湿り気があると一層強く匂うとされている。いずれにしても、こういった微妙な空気の動きで香ってくるのが究極の「追風」ではないだろうか。

7　源氏物語以後の「追風」

残りの三例について、須磨巻が第一義的な順風であることは既に述べた。後の二例は、

・ささやかなる家の、木立などよしばめるに、よく鳴る琴をあづまに調べて掻き合はせ賑はしく弾きなすなり。御耳とまりて、門近なる所なれば、すこしさし出でて見入れたまへば、大きなる桂の樹の追風に祭のころ思し出でられて、そこはかとなくけはひをかしきを、（新編全集花散里巻154頁）

・かの聖の宮にも、たださし渡るほどなれば、追風に吹き来る響きを聞きたまふに昔のこと思し出でられて（椎本巻171頁）

であるが、やはり順風とは異なっている。花散里巻の例は、単なる桂の大木を吹きすぎる風ではなく、その直前に「よく鳴る琴をあづまに調べて掻き合はせ賑はしく弾きなすなり」とあるので、ここも「琴の音を吹き送る風」（聴覚）と解せるのではないだろうか。▼注[9]

椎本巻の例にしても、対岸の匂宮一行が催す管弦の遊びが、八の宮の邸まで聞こえてくるというも

のである。「追風に吹き来る」「聞き」とあるのだから、まさしく「音を吹き送る風」の意であろう。

北村季吟の『湖月抄』の師説には、

物の音を吹きおくるをいへり。袖などならでもあなたより吹きくる風を、追風といふと見えたり。（講談社学術文庫下巻360頁）

と明快な説明が施されている。「袖などならで」とあることで、既に嗅覚的な意味から逸脱していることがわかる。こういった聴覚的な用法も辞書に付け加える方がよさそうに思えるが、いかがであろうか。

では源氏物語で獲得された嗅覚的用法は、その後どのように享受されたのであろうか。調べてみたところ、後の物語にはほとんど用例が見当たらなかった。もともと用例そのものが少ないのだが、嗅覚的用法となると物語では唯一『狭衣物語』に、

戸のつゆばかり開く音して、さと匂ひ入る追風の紛るべくもあらぬに、何とも思ひあへず、見やらせたまへれば、冠の影のふと見ゆるに、物もおぼえさせたまはず、（新編全集巻三177頁）

と出ているだけである。これは出家した女二の宮の御堂に狭衣が忍び入る場面であるが、狭衣の香りによって侵入が悟られてしまう点、明らかに空蝉巻のパロディ仕立てになっていることがわかる。▼注[10]なおこの「追風」は狭衣の歩行によるものではなく、狭衣の香りを含む戸外の空気が、戸を開けたことで室内に流れ入ったものであるから、やや用法が異なっている。

結　嗅覚の「追風」

以上、「追風」をめぐって上代の用例から検討してきた。第一義的な船を進める順風という用法が継承される一方、『後撰集』において音を運ぶという聴覚的用法が付加されている。次に『恵慶法師集』においては、香りを運ぶという嗅覚的用法を獲得している。ただしそれでも自然の風であることに変わりはない。

それが源氏物語に至ると、用例数が倍増したのみならず、もはや自然の風・自然の香りではなくなり、衣装に焚きしめた香がわずかな人の動きによって周囲に漂ってくる意味に変容しているのである（誤用とも考えられる）。その場合、風ということ以上に嗅覚（芳香）に重点が置かれている。しかしながら源氏物語以後、その特殊用法はほとんど継承されておらず、源氏物語の中で完結しているようである。

こういった表現の特殊性に目を向けることで、源氏物語に対する興味は一層広がっていくのではないだろうか。

第十一章　感染する薫の香り

1　はじめに

従来、宇治十帖の主人公である薫と匂宮に関しては、「かおる」と「におう」という名称の意味を重視し、その違いを前提にして物語を解読する傾向にあった。二人の名前が物語の展開を暗示していると考えられたからである。そのため「におう」は視覚と嗅覚を合わせ持つ美、つまり「紅梅」のように色も香も兼備した、まさに光源氏の美を継承するものと考えられてきた。それに対して「かおる」は嗅覚だけであり、花自体はあまり美しくない藤袴にたとえられている。それは薫が、光源氏の血筋を継承しない藤原氏の柏木との不義の子だからであろう。要するに名称の考察からは、匂宮が優勢で薫が劣勢ということになっていたわけである。用例数にしても、「におう」系一八五例に対して「かおる」系三十九例であるから、圧倒的に「におう」系が優勢であったことがわかる。

ところが最近、三田村雅子氏などにより、匂宮は薫の体内から発せられる芳香に劣等感を抱き、それに対抗すべく香を調合して人工的に薫の香りを模倣しているという傾聴すべき見解が提示された

（「移り香の宇治十帖」『源氏物語感覚の論理』有精堂）。そうすると二人は、必ずしも競い合っているのではなく、むしろ匂宮が一方的に薫に対抗していることになる。もしそうなら、従来の物語の読みは大きく変更されることになりそうだ。果たして匂宮の「にほひ」は薫の模倣なのだろうか。

一方の薫にしてもそう単純ではなく、通常はわずらわしくて人工的な香を焚きしめないのだが、いざという時には衣装に香を焚きしめることで、相乗効果を狙っているようである。薫の場合、その強烈な芳香の遠達性と残香性故に、かえってそれを隠蔽《いんぺい》するように務める一方、[注1]それが他人に感染するという奇妙な展開を導くこともある。そのため感染した女性はあらぬ嫌疑をかけられることになる。そうすると薫の芳香は、薫のアイデンティティーを主張していることになる。だからこそ薫のコードが模倣・偽造されると、内実とは関わりなく簡単に薫になりすますことも可能なのである。

ただし、そのためには匂宮のたゆまぬ努力が必要だし、季節によって香を替えるということとの齟齬をどう克服するか、あるいは匂宮が模倣したのは薫の体臭なのか、それとも相乗効果の方なのかという問題も残されている。私などはその香を嗅ぐ側の嗅覚能力の問題も重要だと考えている。要するに嗅覚は源氏物語を読み解く上で重要な情報源なのである。三田村氏の御説を踏まえた上で、早速薫の香りについて私なりの考えを述べさせていただきたい。

2　誕生時の薫

まず、薫の生まれついての体臭から押さえていきたい。柏木と女三の宮の密通、といっても柏木の一方的な横恋慕であるが、それによって不義の子薫が誕生した。しかし柏木巻の誕生場面では、体の芳香については一言も触れられていない。暗示的に、

・かをりをかしき顔ざまなり。（新編全集柏木巻323頁）
・まみのびらかに恥づかしうかをりたつなど、（横笛巻349頁）
・眼尻《まじり》のとぢめをかしうかをれるけしきなど、（同365頁）

などとあるが、用例は幼児の顔、特に目に集中している。これはむしろ視覚的な美しさと見たい。どうやら「かおる」を嗅覚だけとしていた従来の説は再考を要することになりそうだ。「かをり」にも視覚的な意味があるからだ。「にほひ」が視覚から嗅覚に広がったのに対して、「かをり」は源氏物語において嗅覚から視覚に広がったとも考えられる。両者はむしろ補い合っているのではないだろうか。

いずれにしても、誕生時点では嗅覚に関する言及はなされていない。それが匂宮巻に至って突然、

香のかうばしさぞ、この世の匂ひならず、あやしきまで、うちふるまひたまへるあたり、遠く隔たるほどの追風も、まことに百歩《ぶ》の外《ほか》も薫りぬべき心地しける。（匂宮巻26頁）

云々と、薫の体から発せられる芳香のすごさが滑稽なまでに強調されている。この「あやし」はキーワードの一つで、以後もしばしば用いられている。柏木巻では言及されず、匂宮巻で唐突に芳香という特異体質が描かれているのであるから、一般には構想の変化（据え直し）と考えられている。つまり後から香りが補完・付与されたわけである。

ただホルモンの分泌ということでは、大人になってからいい香りがするようになるということもありえる。最近出版された『薫りの源氏物語』（翰林書房）によると、男性ホルモンが盛んに分泌されるようになると、体臭が強烈になることがあるそうだ。だから薫の場合も、子供の頃は匂わなかったけれども、成人するに従って匂うようになったと説明することができる。面白いことに薫の香りは、幼少時は視覚だけだったのに、成人すると嗅覚に移行し、逆に視覚的な用例はなくなってしまっている。

さて、ここに「かうばし」とあるが、この言葉からどんな香りを想像するだろうか。現代では「焼きおにぎり」「焼きとうもろこし」「松茸」など、ちょっと焦げた、食欲をそそるような香りではないだろうか。それに対して源氏物語では、「かうばし」は全部で二十六例もあるが、食べ物に使われた例は一例もなく、ほぼ香に限定して用いられている。香であるから、火を使っている点では共通している。ただし薫だけは特例あるいは例外（特殊用法）になる。何故かというと、薫の「かうばしさ」は焚きしめた香ではなく、薫の体から発せられる芳香だからである。

要するに薫の芳香は火を使わないのだ。これを体臭というと、現在は汗臭いようなマイナスに評価されている。これは微妙な問題で、場合によっては体臭がエロスを増幅することもある。フェロモンの一種と言っていいのかどうかわからないが、現在でもプラスの体臭はありうるのだ。例えばかつて杉良太郎のショーでは、サービスとして額の汗をティッシュでぬぐって客席に投げると、中年のファンがそれを奪い合っている光景がテレビで報道されていた。

そういった体臭のことを、源氏物語ではズバリ「人香《ひとか》」（全三例）と称している。これは有名な空蝉と源氏の絡みでも用いられている。源氏はこっそり空蟬の元へ忍び込むが、それを察した空蟬は小袿一枚を残して逃げてしまう。これが空蟬（比喩）の由来である。源氏は残された小袿を持ち帰り、そこに染みている空蟬の汗を含む体臭、つまり人香を嗅ぐわけである。それは「かの薄衣《うすごろも》は小袿のいとなつかしき人香に染める」（空蟬巻130頁）ものだった。「なつかし」というのはプラス評価である。この場合、源氏は空蟬の人香にエロスを感じているのであろう。これは例えば田山花袋の『布団』にも共通する隠微なものなのである。

もちろん人香が衣装に染みてしまえば、それは「移り香」になる。一般的な移り香は香を焚きしめたものだが、人香でも可能であろう。この「移り香」は宇治十帖のキーワードとされているものである。そのことを最初に指摘されたのは、三田村雅子氏だった（「移り香の宇治十帖」『源氏物語感覚の論理』）。その「移り香」全十五例中十例（三分の二）が宇治十帖（紅梅巻の例を入れると十一例）に集中しているのだから、用例の分布からもそのことは納得できる。しかも面白いことに、薫（八例）・匂宮（三例）・源氏（二例）の男性三人に限定的に多用されており、女性には原則として用いられていないのだから、かなり偏った用法ということになる。そこで私は夕顔巻の扇の移り香も、必ずしも夕顔の香りではなく、頭中将の移り香ではないかと考えてみた次第である。▼注[2]

いずれにしても『源氏物語』における「移り香」は男性の香りであり、それが女性と接触することで感染するわけである。その男性の香りが強ければ強いほど、感染も強くなる。もっとも女性でなくても、例えば匂宮が按察大納言の大夫の君という少年と共寝をすると、当然大夫の君に匂宮の移り香が感染する。東宮（匂宮の兄）はその「移り香」に敏感に反応して、「むべ我をばすさめたり」（紅梅巻40頁）と恨んでいる。これなど匂宮は東宮に感づかれることを承知して、あえて挑戦的な行動をとったのであろう。

3 「かうばし」

「かうばし」に話を戻すと、薫の芳香は強烈であるから、その香りは薫の存在証明としても機能している。つまり薫の姿が視覚的に捉えられなくても、「かうばし」い匂いが漂ってきたら、近くに薫がいることがすぐわかるわけである。視覚は遮断することができるが、香りは隠すことができないのだ。そのことは匂宮巻に、

かくかたはなるまで、うち忍び立ち寄らむ物の隈もしるきほのめきの隠れあるまじきにうるさがりて、（匂宮巻27頁）

と記されていた。「かたはなるまで」とは、マイナス評価になるほど度を超した香りということである。こっそり近寄ろうとして視覚的には見えなくても、その芳香が拡散して百歩の外まで香るわけだから、五十メートル四方に薫がいるとすぐに香りでばれてしまうのである。これは薫の原罪（不義の子である証拠）なのかもしれない。その芳香に関しては、空間的にどこまで匂うのか（遠達性）、時間的にいつまで匂いが持続するのか（残香性）といったことも問題になる。

そうなると薫は、もっとも垣間見ができにくい（見つかりやすい）人物ということになる。薫の香りは自己を拘束するマイナス要素なのである。ところが面白いというか皮肉なことに、物語はその薫にしばしば垣間見をさせているのだ。宇治十帖の主要な女性達、大君・中の君・浮舟・女一の宮は、すべて薫に垣間見されている。この矛盾とも思える展開にも留意しておきたい。合わせてその女性達の嗅覚能力、つまり薫が近くにいるかどうかを香りで察知できるかどうかも問題になってくる。

薫は最初に橋姫巻で大君・中の君を垣間見ている。垣間見の時点では言及されていなかったが、薫が尋ねてきていることがわかった後で、

あやしくかうばしく匂ふ風の吹きつるを、思ひがけぬほどなれば、おどろかざりける心おそさよと、心もまどひて恥ぢおはさうず。（橋姫巻141頁）

という大君の心内が記されている。さっき妙に「かうばしし」い香りがしたのに、それを薫の来訪と結びつけられなかったなんて、何と私は迂闊《うかつ》だったのだろうと反省しているわけである。ということは、大君の嗅覚は一応機能していたことになる。

この薫の芳香は、宇治に到着する前にも、

忍びてと用意したまへるに、隠れなき御匂ひぞ、風に従ひて、主知らぬ香とおどろく寝覚めの家々ありける。（同136頁）

と、引歌を交えて滑稽なほどに描かれていた。薫はお忍びで出かけたのだが、その身体から発せられる芳香に、道の傍の家で寝ている人まで驚いて目を覚ますというのだから、あまりにも大げさではな

いだろうか。「主知らぬ香」は引歌で、『古今集』の「主知らぬ香こそにほへれ秋の野に誰がぬぎかけし藤袴ぞも」を踏まえている。これはある意味で読者に注意を喚起していることにもなる。もし宇治の姉妹が「かうばし」い香りにもっと敏感だったら、薫から垣間見されずに済んだからである。

同様のことは宿木巻における薫の浮舟垣間見にも認められる。薫から垣間見られている浮舟の若い女房が、

若き人、「あなかうばしや。いみじき香の香こそすれ。尼君のたきたまふにやあらむ」。老人《おいびと》、「まことにあなめでたの物の香や。京人《きやうひと》はなほいとこそみやびかにいまめかしけれ」（宿木巻490頁）

といい香りに気付いているからである。ただしそれを薫の香りとは認識できず、弁の尼の焚いている香と勘違いしている。本来ならば薫の香りかどうかは別にして、高貴な香りかどうかの区別がついてもいいはずだが、ここは浮舟付きの女房達の判別能力の欠如と見ておきたい。

4　芳香は薫の分身

薫の香りはこれで解決したわけではない。薫は透垣の元に案内した宿直人に、

濡れたる御衣どもは、みなこの人に脱ぎかけたまひて、取りに遣はしたる御直衣に奉りかへつ。（150頁）

と、着ていた狩衣を褒美として気前よく全部与えて、直衣に着替えている。ここで注目すべきは、薫

の芳香は水分を含むとその強さを増すということである。この時は霧に濡れることで芳香がより強まったのだ。同様のことは浮舟と逢う場面にも出ている。雨が降る中、浮舟の隠れ家を訪ねた薫は、

里びたる簀子の端つ方にゐたまへり。

さしとむるむぐらやしげき東屋のあまりほどふる雨そそぎかな

とうち払ひたまへる追風、いとかたはなるまで東国《あづま》の里人も驚きぬべし。（東屋巻91頁）

と雨にぬれた衣装を払うと、そのわずかな空気の動きによって、周囲に強烈な香りが漂っている。ここに「追風」という言葉がある。本来「追風」は、帆船を進める順風のことであった。ところが『源氏物語』ではそれを変容させて、衣装に焚きしめられた香りが人の微妙な動きによって周囲に漂う意味に用いられている。その代表例が若紫巻の、

そらだきものの心にくくかをり出で、名香《みやうがう》の香など匂ひ満ちたるに、君の御追風いとことなれば、内の人々も心づかひすべかめり。（若紫巻211頁）

である。光源氏の追風は決して自然の風ではない。源氏が歩くことによって空気が動き、源氏の衣装に焚きしめられている移り香が、その動きに乗じて辺りに香ってくることを言うのだ。ずいぶん繊細な表現である。

紫の上のいる邸でも、貴族の嗜みとして空薫き物をくゆらせている上に、仏道修行用の名香までくゆっていた。そこにさらに源氏の移り香が漂ってくる。源氏のすばらしい香りは他の香に紛れるどころか、他を圧倒して自己主張した。いずれにしても「追風」という言葉が、源氏物語の中で全く別の

プラスの意味を持たされていることには留意したい（これを受けて徒然草には「追風用意」という表現も登場する）。この「追風」という表現は、「風」とあるので風が吹いているように思えるが、ここで風は全く吹いていていない。誤用とも思われそうだが、間違いなく源氏物語の特殊用語なのである。▼注[3]

話を戻して、薫は脱いだ衣装をそっくりプレゼントするのだから、やはり高貴な金持ちはスケールが違う。宿直人は思いがけない豪華な褒美に預かったわけである。

普通だったらこれで一件落着なのだが、これには後日談がついている。

宿直人、かの御脱ぎ棄ての艶《えん》にいみじき狩の御衣ども、えならぬ白き綾の御衣のなよなよといひ知らず匂へるをうつし着て、身を、はた、えかへぬものなれば、似つかはしからぬ袖の香を人ごとに咎められ、めでらるるなむ、なかなかところせかりける。心にまかせて身をやすくもふるまはれず、いとむくつけきまで人のおどろく匂ひを失ひてばやと思へど、ところせき人の御移り香にて、えも濯《すす》ぎ棄てぬぞ、あまりなるや。（橋姫巻152頁）

「うつし着て」とあるので、身分低い宿直人でも薫の狩衣をそのまま着用できたのだろう。薫の移り香に染みた狩衣はあまりにもいい香りがするものだから、それを貰って着た宿直人が、会う人毎に咎められたり褒められたりして、窮屈な思いをすることが記されている。どうやら薫の芳香は残香性も異常に強いようである。かなり戯画的な展開だが、これが最初の感染ということになる。しかし決して身分不相応故の顛末というだけでは済まされない。私は薫の衣装を纏《まと》ったこの宿直人を、薫の分身（パロディ）として読んでみたい。▼注[4]要するに薫自身の日常も、この宿直人の困惑とたいして変わらないことを読み取りたいのだ。それほどに薫の芳香は強烈だった。その薫の衣装を纏いさえすれば、誰でも薫になれるのではないだろうか。

5 「移り香」

こうして宿直人の滑稽譚を事前に描くことで、薫の移り香の強烈さを印象づけておき、大君・中の君の事件へとスムーズに展開していく。総角巻において、薫は弁の尼の手引きで愛する大君の元に侵入するが、契りを結ぶことはできなかった。しかしながら薫に接触した大君には、薫の移り香が感染していたのである。薫から解放された大君は中の君の側に戻って横になっている。すると中の君はいやでも大君に付着した薫の香りに気付かされる。その結果、中の君は、

ところせき御移り香の紛るべくもあらずくゆりかをる心地すれば、宿直人がもてあつかひけむ思ひあはせられて、まことなるべしといとほしくて、寝《い》ぬるやうにてものものたまはず。（総角巻241頁）

と、移り香の原因として大君が薫に抱かれたであろうことを推察している。ここで注目したいのは、下っ端の宿直人の一件が中の君の耳にも届いていることである。「ところせき御移り香」とあるのは、前に「ところせき人の御移り香」とあったのを受けているのだろう。

もっとも宿直人の場合は、直接薫の衣装を着用しているのであって、感染したわけではない。それに対して大君は、薫と接触することで移り香が付着しているわけだから、状況は大きく異なっている。

肝心の大君は、橋姫巻で薫の香りに鈍感だったことを反省していたはずだが、それにもかかわらず我が身に染みついたであろう強烈な薫の移り香については一言も言及していない。大君はあえて沈黙を守っているのだろうか、それとも案外嗅覚が鈍感（麻痺している？）なのだろうか。それに対して中の君の方は、薫の移り香に敏感に反応している。これがまた次の物語展開の伏線になっているのである。

その後、中の君は匂宮と結ばれ、大君が亡くなった後、京の二条邸に引き取られる。その匂宮が夕霧の娘六の君と結婚することになり、失意の中の君は宇治へ帰りたいと薫に相談する。大君を亡くした薫は、今度は大君のゆかりとして妹の中の君に急接近するのだが、既に中の君が匂宮の子を宿していることを知り、何事もなく別れた。しかしながら薫と接触した中の君には、大君の時と同じように薫の移り香が付着していた。薫の香りは接触感染するので本当にやっかいなのである。

嗅覚のするどい匂宮がそれを見過ごすはずはなかった。

かの人の御移り香のいと深くしみたまへるが、世の常の香《かう》の香《か》に入れたきしめたるにも似ずしるき匂ひなるを、その道の人にしおはすれば、あやしと咎め出でたまひて、（宿木巻434頁）

とすぐに嗅ぎ分けている。そして移り香の原因を推測することで薫との不倫を疑い、「また人に馴れける袖の移り香をわが身にしめてうらみつるかな」（同435頁）と恨みの歌を詠じている。もちろん中の君にしても、薫の移り香の強烈さは既に経験済みなので、

さるは、単衣《ひとへ》の御衣なども脱ぎかへたまひてけれど、あやしく心より外《ほか》にぞ身にしみにける。（同435頁）

と、用心して下着まで取り替えていた。かなりオーバーである。それによって香りは薄らいだはずだが、それでも薫の移り香を完全に消し去ることはできなかった。ここでは匂宮の鼻の良さを評価すべきだろうか。滑稽なほどに誇張されているのだが、布石として前述した宿直人の一件が繰り返されていたことで、読者にもすんなり受け止められるのであろう。

面白いことに、この一件は『無名草子』の「いとほしきこと」に、

宇治の中の宮、薫大将をはじめて、

いたづらに分けつる道の露しげみ昔おぼゆる秋の空かな

と言ひやる朝《あした》に、兵部卿宮渡りたまひて、御匂ひの染めるを咎めたまひて、ともかくもいらへぬさへ心やましくて、

また人の慣れける袖の移り香を我が身にしめて恨みつるかな

とのたまへば、女君、

見慣れぬる中の衣と頼めしをかばかりにてやかけ離れなむ

とて、うち泣きたるほどこそ、返す返すいとほしけれ。（新編全集『無名草子』217頁）

と取り上げられている（「かばかり」には「香」が掛けられている）。ここでは匂宮から疑いをかけられた中の君のことを「いとほし」としている。ただしこの一件は、六の君との結婚で離れかけていた中の君に対する匂宮の愛情を取り戻す方向に作用していく。中の君にとっては、ある意味でプラス要素となる匂宮の嫉妬・猜疑心であったことになる。

余談だが、薫の芳香については、どうも性的興奮状態になるとその体臭がより強烈になるとも言われている。[注5] そういった刺激を受けると、体の中で分泌物に変化が生じるのかもしれない。先の大君の例やこの場面など、薫の芳香は通常よりも強烈な香りを放っていると読むことも可能であろう。

6 匂宮の「匂い」

ところで薫は、中の君から相談を受けた際、いつもと違って念入りに支度を調えて出かけている。匂宮巻に「うるさがりて、をさをさ取りもつけたまはねど」(27頁)とあったように、普段は滅多に使わない香までしっかり焚きしめていたことが、

人知れず思ふ心しそひたれば、あいなく心づかひいたくせられて、なよよかなる御衣どもを、いとど匂はしそへたまへるは、あまりおどろおどろしきまであるに、丁子染の扇のもてならしたまへる移り香などさへたとへん方なくめでたし。(宿木巻423頁)

と記されている。「なよよかなる御衣ども」について、新編全集の頭注には「幾枚もの下着一枚一枚に、入念に薫香をたきしめてある」と記してある。これも面白い注である。薫はよほど中の君との逢瀬を期待していたのであろうか。

そうすると困った問題が生じてくる。果たして中の君に付着した移り香は、薫本来の芳香なのだろうか、それとも特別に焚きしめられた香なのだろうか。どうも薫の芳香は、「あまたの御唐櫃に埋も

れたる香の香どもも、この君のは、いふよしもなき匂ひを加へ」（匂宮巻27頁）とあったように、人工的な香を加えることでさらに相乗効果が生じたようである。普段は強く香るのを嫌ってむしろ芳香を押さえるのに苦労していたが、今回はむしろ積極的に香らせたことでこういう結果になったのだろう。ひょっとすると先の橋姫巻でも、薫は積極的に香を焚きしめて宇治へ出かけていたのかもしれない。

ついでに薫のライバル的存在である匂宮についても見ておきたい。薫の生まれながらの芳香を黙って見過ごせないのが匂宮であった。そこで匂宮は薫の香りに対抗するために、

かく、あやしきまで人の咎むる香にしみたまへるを、兵部卿宮なん他事《ことごと》よりもいどましく思して、それは、わざとよろづのすぐれたるうつしをしめたまひ、朝夕のことわざに合はせいとなみ、（匂宮巻27頁）

と、人工的に香を調合することで、薫に負けないような香りを身に焚きしめているのである。「うつし」とは衣装に香を焚きしめることだが、模倣するという意味もある。この二人は系譜としては叔父甥の関係になる。年齢が近い（匂宮が一歳年長）ので友人かつライバルとして張り合っており、そのため「例の、世人は、匂ふ兵部卿、薫る中将」（同28頁）と呼ばれていた。

ここで確認しておきたいのは、挑んでいるのは匂宮の方であり、薫は必ずしも匂宮に張り合っていないということである。もともと薫には生まれながらにして芳香が身に付いているのだから、香を調合する必要はなかった（自動香製造器）。匂宮の場合は、薫に張り合うためには日夜たゆまず香を焚きしめなければならないのである。涙ぐましい不断の努力が必要なのである。これでは勝負になるはず

もあるまい。

そうして調合した香はどのような香だったのだろうか。三田村雅子氏の説によれば、匂宮は薫の芳香と似た香を調合したそうである。もしそうなら、匂宮の芳香は偽物でありパロディであり負性であることになる。実は大君を欺いて薫が匂宮を中の君の元に案内した時点で、既に匂宮の薫模倣は行われていた。ここには「匂ひなど、艶なる御心げさうに、いひ知らずしめたまへり」（総角巻268頁）とあり、入念に香を焚きしめているのだが、それ以上言及されていないのはやはり薫と同じ香りだったからであろう。これはまさに薫の狩衣をうつし着た宿直人の繰り返しでもあったのだ。

仮に匂宮が薫の芳香を真似ていたとすると、中の君の移り香は匂宮の香りと似ていることになる。では鼻のきく匂宮は微妙な香りの違いを嗅ぎ分けたのだろうか。それともいつもと違う特別な香りだったから、その違いを嗅ぎ取ることができたのだろうか。なかなか判断が難しい。いずれにしても、匂宮は薫の芳香に過敏に反応するようである。

このことは匂宮が浮舟の所に侵入する場面でも問題になる。浮舟が宇治に匿《かくま》われていることを突き止めた匂宮は、さっそく忍んでやってくる。格子の隙から浮舟を垣間見た匂宮は、大胆にも薫の振りをして中へ侵入する。

いとらうらうじき御心にて、もとよりもほのかに似たる御声を、ただかの御けはひにまねびて入りたまふ。（浮舟巻124頁）

もともと似た声とあるが、その上さらに真似ているのだから、寝入りばなの右近はすっかり騙されてしまう。そして最後の決め手が香りであった。

いと細やかになよなよと装束きて、香のかうばしきことも劣らず。近う寄りて、御衣ども脱ぎ、馴れ顔にうち臥したまへれば、（同頁）

匂宮の演技も評価すべきだろうが、「香のかうばしきことも劣らず」が最大のポイントである。この香りで右近は完全に薫と思い込んでしまったからである。匂宮は薫の真似をしているのだから、やはり三田村氏のおっしゃるように、香りも薫を真似ていると見るべきであろう。もっとも香りは、声帯模写のように急に変えることはできない。そうなると薫と匂宮は日常のレベルでも似たような香りであった、要するに匂宮は薫の香りをずっと模倣していたことになる。これは匂宮の薫願望だったのだ。

それに対して私は、嗅覚能力の違い、つまりいい香りかどうかではなく、香りの質まで嗅ぎ分けられるかどうか、ということを考えている。宿木巻における薫の垣間見場面にしても、浮舟巻における匂宮の闖入にしても、浮舟の女房あるいは右近が二人の香りの違いを嗅ぎ分けられれば、事件は食い止められたはずだからである。浮舟にしても、右近と同様に嗅覚能力の低さが、自らの人生を狂わせたとも言える。それが田舎育ちの浮舟の限界だったのかもしれない。

結　薫の芳香

以上、宇治十帖の嗅覚、特に薫の芳香がいかに強烈だったかを考察してきた。だからこそ薫に接触すると誰彼お構いなしに感染するわけである。ただし常にそのことが問題にされるわけではない。普段の薫は自らの芳香を制御しているからである。どうやら道心と恋に揺れる薫の心は、体から発する芳香の強弱によって、自ずからその内面が暴露されているようである。また匂宮が薫の香りを模倣しているか否かを含めて、二人の香りの違いを嗅ぎ分ける能力があるかどうかも事件の展開に大きくかかわっていた。やはり嗅覚は宇治十帖世界のキーワードといえそうだ。

薫の芳香は薫のアイデンティティであり、薫の象徴であり、薫であることを示すコードだった。だからそれを偽造・模倣されると簡単に薫になりすますことができるのである。これはまるで童話の「狼と七匹の子やぎ」のようだ。香りがもたらす誤認あるいは認識の揺れによって悲劇が誘発されたからである。移り香はもともと流動的な香りだった。匂宮は香りだけでなく声まで薫を真似ているわけだから、匂宮の才覚とは裏腹に、匂宮の薫に対する劣等感を読み取ることも可能であろう。要するに匂宮は薫の分身なのである。

本論では薫を中心に見てきたが、もちろん源氏物語の至る所に嗅覚の問題が埋もれている。源氏物語の嗅覚に敏感になれば、それによって物語の読みを深めることができそうだ。

第十二章 すりかえの技法——擬装の恋物語

1 〈すりかえ〉の論理

二〇〇八年は源氏物語千年紀ということで、京都もずいぶん賑わった。博物館・美術館などでも、それに合わせて源氏物語関係の特別展が行われており、改めて源氏文化の広がりについて実感させられた年である。特に京都文化博物館では、春と秋の二回特別展が開催されたが、秋の展示には珍しく浮世絵の源氏物語がたくさん出品されていた。

通常は室町期から近世期にかけて、土佐派の絵師が描いた源氏物語画帖のことを「源氏絵」と総称しているが、面白いことに浮世絵も源氏物語をテーマにしたものは「源氏絵」と称している。それでも間違いではないのだが、ちょっと紛らわしい。しかも浮世絵の「源氏絵」の大半は、柳亭種彦の『修紫《にせ》田舎源氏』から派生して大流行した歌川国貞画の「源氏絵」である。『修紫』は源氏物語を室町幕府の御家騒動に置き換えた翻案物で、主人公は足利光氏という名前である。翻案であるにもかかわらず、平気で「源氏絵」として広く享受されているのだ。ここに源氏絵の「すりかえ」が生じていることになる。一般大衆にとっては、難しくて遠い存在の源氏物語ではなく、今風になっていてわかりやすい『偐紫』の方に親しみが持てたのだろう。後には徳川将軍のことを「東源氏」と称してしばしば浮世絵に登場させている。ここで源氏物語は完全に武士の世界に「すりかわって」いるのである。

しかしこれを笑ってばかりもいられない。今の私達にしても、大和和紀のマンガ訳『あさきゆめみし』によって、源氏物語に親しんでいるつもりになっている人が多いからである。『偐紫』にしても『あさきゆめみし』にしても、どうやら巧妙に源氏物語と「すりかえ」られているのだ。それに気付かない人もいるようだが、それでは本当に源氏物語を読んだとは言えない。さらにいえば寂聴の現代語訳も、程度の差こそあれ似たようなものである。さてみなさんは、「すりかえ」られた〈もう一つの源氏物語〉を読んではいないだろうか。もう一つの源氏物語は決して本当の源氏物語ではない。

ちょっと警告めいたことを申し上げたところで、本論では「すりかえ」について論じたい。一口に「すりかえ」と言っても、『偐紫』以外にもいろんな「すりかえ」がある。例えば源氏物語の主要なテーマとして、「ゆかり」の構想があげられる。「紫のゆかり」だけでなく、「夕顔のゆかり」「宇治のゆかり」などもあるが、これにしても言ってみれば女性の「すりかえ」である。だから「ゆかり」のみならず「形代・分身・代理」なども含まれる。勅使というのも天皇の代理である。その場合、血族のみならず主従でも分身たりうるので、▼注[1]「すりかえ」可能のようである。言ってみれば源氏物語は、さまざまな「すりかえ」（擬装）の物語ということになる。

2 〈すりかえ〉によるあやにくな恋物語展開

私が一番気にしているのは、宇治十帖における薫と匂宮である。私も千年紀の尻馬に乗って、『「垣間見」る源氏物語』（笠間書院）というタイトルの本を出版した。「垣間見」という手法を徹底分析したものだが、その中で「垣間見」の新しい視点として、嗅覚の重要性を提案してみた。その際、三田村雅子氏の御論を参考にさせていただいた。三田村氏は、▼注[2]

薫の体臭に嫉妬して、あらん限りの香を薫きしめて対抗しようとしていると紹介される匂宮にしても、常に自分の芳香が、疑似薫を演出する「にせもの」で、決して本来の体臭を持つ薫には及ばないことを自覚させられている。匂宮の香の付着は、いわば薫の模倣・再演であって、匂宮自身からにじみ出る魅力とは言えないことを誰よりも痛感しているのが匂宮本人であった。（198頁）

と、匂宮が薫の香りを真似ていることを説かれている。私は別の角度から、仕えている女房達の嗅覚能力の低さを問題にしたのだが、匂宮の薫模倣についてはそれ以来ずっと気になっている。

従来は二人を対照的な人物としてとらえていた。それは「薫」と「匂」という呼称の違いを前提にして、言葉の意味の違いをそのまま人格にあてはめているためだが、必然的に二人は似ていないと勝手に思い込んでいたというか、違いにばかりに目がいっていた。しかしながら二人とも高貴な貴公子である。年齢は近いし、身分は申し分ないし、美貌も兼ね備えているとなれば、違っているところよりも似ているところの方が多いはずだ。そうなると二人には互換性・鏡像関係が生じてくる。つまり相似した二人は「なりすます」ことも「すりかわる」ことも可能だったのだ。

これが私からの大きな提案（仮説）である。それを検討する前に、いくつかの「すりかえ」の例を見ておきたい。まず源氏物語以前を調べると、『うつほ物語』のあて宮求婚譚だが、そこに上野宮《かんづけのみや》という奇妙な求婚者が登場している。上野宮はあて宮を掠奪《りゃくだつ》しようとするが、それを知った父正頼は、「下臈、仕うまつる人の娘、年若く、かたち清げなるを召して、装束いとよくせさせたまひて」（新編全集一藤原の君巻160頁）とあるように、下臈の娘に上等の衣装を着せて偽あて宮に仕立て、まんまと盗ませている（この場合、下臈の娘の人格は無視されている）。そのため上野宮は「すりかえ」られたことに気付けなかった。そこが滑稽なところなのだが、よく考えると平安朝の貴族社会では、垣間見という特殊事情でもなければ、相手の顔を見知って求婚するわけではなかった。誰もあて宮の顔を知らないのだから、意図的にでも偶然にでも「すりかえ」「なりすまし」は起こりうることになる。

事情は異なるが、『とりかへばや』などは父親が若君と姫君を「かへすがへす、とりかへばやと思されける」（新編全集168頁）とあって、二人の性を入れ替えたことから物語は展開している。最終的には元の性に戻ってハピーエンドになるが、これも明らかに「すりかえ」（性の取り替え）であった。

結婚相手の「すりかえ」ということでは、継子物の『住吉物語』・『落窪物語』にも見られる。『住吉物語』では、姫君に求婚していた少将を、仲介役の筑前と継母が結託して、

さやうの君達は、人にいたはられんとこそおぼしめすらめ。母もなからん人よりも、三の君が大人しくなりたるに、耳寄りにこそはべれ。よきやうに計らひたまへ。（新編全集29頁）

と、継母の三の君を姫君と偽って結婚させている。味方が裏切っているのだから、少将もしばらくは相手を「すりかえ」られたことに気付かなかった。かろうじて琴の音によって発覚する。

『落窪物語』の場合は、逆に少将の方が継母を騙している。

源中納言の四の君なり。「まろにあはせむ」と言へども、え思ひ捨つまじき人の侍れば、君に譲りきこえむと思ひて。（新編全集151頁）

少将は継母の四の君との縁談に応じるふりをして、自分の代わりに末摘花の男バージョンである面白の駒を婿取らせることで、相手に恥をかかせる。この「すりかえ」も、三日目の露顕《ところあらわし》まではわからなかったが、さすがに顔を見せたとたんに知られてしまう。ここではむしろ発覚することが前提になっているのだ。

同様の「すりかえ」は、『堤中納言物語』中の『花桜折る少将』にも見られる。少将は姫君を盗み出したつもりが、実際は、

おば上のうしろめたがりたまひて、臥したまへるになむ、もとより小さくおはしけるを、老いたまひて、法師にさへなりたまへば、頭《かしら》寒くて、御衣を引きかづきて臥したまひつるなむ、それとおぼえけるも、ことわりなり。（新編全集394頁）

とあるように祖母尼君だった。間違えるはずもないのだが、だからこそ上野宮と同じく滑稽譚になっている。もう一例は『思はぬ方に泊りする少将』である。これは最初から設定がややこしくて、権大納言の二人の姫君に少将と権少将が通ってくるが、男の官職が同じであることから、相手の女性を取

り違えてしまうという話である。末尾に、

劣りまさるけぢめなく、さまざま深かりける御志ども、はてゆかしくこそ侍れ。（新編全集468頁）

云々とあって、その後どうなったのかは記されていない。

『夜の寝覚』の場合は、これとはさらに違って複雑になっている。主人公の権中納言がたまたま乳母の病気見舞いに九条の家を訪れた際、隣家に物忌みで訪れていた太政大臣の中の君を垣間見て、その美しさに惹かれて契りを結んでしまう。しかし権中納言は相手の女性のことを乳母子の行頼から、「今の但馬守時明の朝臣の女」（新編全集27頁）と知らされ、さらに、

源大納言の子の弁少将に契りてかしづきさぶらふ三にあたるは、すべてまことしく優げなる気色になむ。式部卿の宮の中将、石山に参りて、ほのかに見て、文などさぶらひけるを、女は返り事などして、それに心寄る気色にさぶらひけれど、（27頁）

と説明されて、相手を三の君だと誤認する。しかも権中納言は「宮の中将と思はせて、いとかき混ぜなる言葉に語らひ慰むる」（33頁）と、相手には自分を宮の中将だと信じ込ませようと演技している。ここにはいくつかの「すりかえ」が錯綜しているのである。しかも中の君は権中納言の婚約者である大君の妹だった。この「すりかえ」「なりすまし」があやにくな物語展開の発端になっているのである。

以上のように、「すりかえ」というモチーフは、平安朝の恋物語にしばしば用いられていることが確認できた。あやにくな恋物語の展開に最適な方法なのかもしれない。

3　源氏物語の〈すりかえ〉

では『源氏物語』はどうだろうか。『源氏物語』における最初の「すりかえ」は、空蟬巻に見られる。源氏は紀伊守邸で偶然空蟬と一夜を共にするが、その後は逢ってもらえない。そこで弟の小君を手懐けて、空蟬のもとへ案内させるのである。それに気付いた空蟬は、そばに寝ていた軒端の荻を置き去りにして逃げてしまう。これなど先ほどの『花桜折る少将』と類似した展開と言える。

若き人は何心なくいとようまどろみたるべし。かかるけはひのいとかうばしくうち匂ふに、顔をもたげたるに、ひとへうちかけたる几帳の隙間に、暗けれど、うちみじろき寄るけはひいとしるし。あさましくおぼえて、ともかくも思ひ分かれず、やをら起き出でて、生絹《すずし》なる単衣をひとつ着てすべり出でにけり。（空蟬巻124頁）

源氏はそこにぐっすり寝ていた軒端の荻を空蟬と思って近づくが、極端に体格も違っているから、暗がりの中でもすぐに人違いだと気付く。そこからが源氏の真骨頂で、それならと「たびたびの御方違へにことつけたまひしさまをいとよう言ひなしたまふ」（新編全集空蟬巻126頁）とあって、わざわざあなたに逢いに来たのですとしらじらしい嘘をつき、契りを結んでしまう。空蟬と軒端の荻は継母・継子の関係だから、血のつながりも容貌の類似もない。しかしながらこれはまさに「取り違え」であり「すりかえ」なのである。状況さえ整えば、まったく似ていなくても「すりかえ」は可能なのだ。

そう考えると、花宴巻の朧月夜にしても、藤壺の「すりかえ」だったことがわかる。その藤壺にしても、亡くなった桐壺更衣の代役として入内させられているのだから、源氏物語は始発から「すりかえ」の構想によるあやにくな恋物語が展開していることになる。源氏もこの手を若紫巻で使っている。紫の上が直衣姿の源氏を父宮と勘違いし、「少納言よ。直衣着たりつらむは、いづら。宮のおはするか」（若紫巻242頁）と言った際、それに便乗して「宮にはあらねど、また思し放つべうもあらず」（同）と言って近づいている。▼注[3] ここで源氏は紫の上の父宮に「なりすまそう」としているのである。

ついでながら最初に源氏が空蟬に言い寄った際、源氏はたまたま空蟬が「中将の君はいづくにぞ」（帚木巻98頁）と女房の中将の君を呼んだのを受けて、図々しく「中将召しつればなむ」（99頁）と答えて近づいていた（言語遊戯）。この場合、源氏は同じ官職名の中将の君に「なりすまし」ていることになる。

さて、空蟬に逃げられた源氏は、「かの脱ぎすべしたると見ゆる薄衣をとり出でたまひぬ」（空蟬巻127頁）と、空蟬が脱ぎ捨てた薄衣を持ち帰り、二条院で空蟬の弟小君と添い寝をし、満たされぬ思いを晴らしている。この小君との関係については、男色あるいは少年愛という言葉で説明されることが多いが、私はそうは考えていない。というのも小君本人が愛の対象ではないからである。この場合の小君は空蟬の分身・代償であり、源氏は小君に空蟬を幻視している。というのも二人は血を分けた姉弟であり、また成人前のやせた小君は、空蟬と体型が似通っているからである。まだ中性的な肉体を有する小君は、十分空蟬の身代わりたりえた。▼注[4] しかも源氏は「ありつる小袿を、さすがに御衣の下にひき入れて。大殿籠れり」（129頁）とあって、空蟬の脱ぎ捨てた衣装を隠し持っている。その小袿は「いとなつかしき人香に染める」（130頁）つまり空蟬の体臭が染みたものだった。隠微であるが、源氏は嗅覚によっても小君を空蝉と幻想していたのである。

ところでこの空蝉の構図は、後に宇治十帖においても繰り返されている。それは総角巻において薫が大君のもとに忍び込んだ時、それを察した大君が寝ている中の君を置き去りにして逃げているところである。

うちもまどろみたまはねば、ふと聞きつけたまひてやをら起き出でたまひぬ。いととく這ひかくれたまひぬ。何心もなく寝入りたまへるを、いといとほしく、（総角巻252頁）

「何心なし」を含めて、描写も似通っている。もちろん大君はただ逃げたのではなく、妹の中の君を自分の身代わりとして薫と結びつけようとしたのである。大君は自らを中の君と「すりかえ」たわけだ（その点、継子苛め的展開とは異なっている）。しかしながら薫は軒端の荻と契った源氏とは違って、中の君には手を出さなかった。薫にとって大君を中の君と「すりかえ」ることはできなかったのである。この場合、逆に「すりかえ」られなかったことが次の展開の呼び水となる。

それとは別に、蜻蛉巻で女一の宮が氷を手にしているところを偶然垣間見た薫は、邸に戻って妻の女二の宮に同じポーズをさせている。

手づから着せたてまつりたまふ。御袴も昨日《きのふ》の同じく紅なり。御髪《ぐし》の多さ、裾などは劣りたまはねど、なほさまざまなるにや、似るべくもあらず。氷《ひ》召して、人々に割らせたまふ。取りて一つ奉りなどしたまふ心の中もをかし。（蜻蛉巻252頁）

わざわざ衣装と氷をあつらえているのだが、結局は似ていないことが確認されただけであった。ここで薫は明らかに女二の宮と女一の宮を「すりかえ」ようとしているのだ。▼注[5] この時薫は、躊躇なく「すりかえ」を楽しんでいた。

4　夕顔巻の〈すりかえ〉

次に夕顔について考えてみたい。もともと夕顔は頭中将と関係のあった女性だから、源氏が頭中将に「すりかわ」った、あるいは夕顔が相手を頭中将から源氏に「乗り替え」たことになる。▼注[6] また源氏は、葵の上で満たされぬ思いを夕顔に耽溺することで紛らわしたと見ることもできる。夕顔周辺にもさまざまな「すりかえ」が潜んでいるのである。それに加えて、ここでは主人公に仕える惟光と右近についてもう少し考えてみたい。

もともと夕顔との出逢いは、源氏が惟光の母である大弐の乳母の病気見舞いに出かけたことから始まっている。その惟光に夕顔の宿の内部事情を探らせて、惟光の手引きで通い始めるのだが、源氏は自分の素性を知られないように「我も名のりをしたまはで、いとわりなくやつれたまひ」（夕顔巻151頁）と身をやつして通っている。具体的には牛車ではなく馬で通っているようである。また衣装にしても直衣ではなく「やつれたる狩の御衣」（153頁）つまり狩衣を着用している。身分の高い衣装は着用できないが、身分の低い衣装は着用可能なのである。ここで覆面しているかどうか定かではないが、これを分析すると、源氏は惟光の身分というか、惟光そのものに「なりすまし」ているのではないだろう

か。このことは安藤徹氏が、端役論の中で惟光と良清を取り上げられ、

惟光と良清のとのあいだの交換不可能性に対して、むしろ光源氏と惟光、光源氏と良清とのあいだに交換可能性が潜在しているのだ。こうして、『源氏物語』を従者たちの「分身」の物語として読み替える地平が拓かれる。（40頁）

という興味深い論を提示している。[注7]

私自身、乳母子の惟光や血族とおぼしき良清を源氏の分身とまでは認識していたが、[注8]その逆は考えてもみなかった。しかしこのことは惟光自身、「わがいとよく思ひよりぬべかりしことを譲りきこえて、心広さよ」（162頁）とつぶやいていることからも十分察せられる。その対として、良清の場合も見ておきたい。

良清は若紫巻において播磨守の子と紹介されており、その縁で明石の君のことを語っている。そこに「いとすきたる者なれば、かの入道の遺言破りつべき心はあらんかし。さてたたずみ寄るならむ」（若紫巻204頁）とあるので、やはり明石の君は良清の相手にふさわしい女性とされていることがわかる。それが明石巻に至って俄に現実味を帯びてくるのだが、今度は源氏が良清に「なりすまし」ていうか、良清の代わりに明石の君と関係を持っているのである。このように身分の低い中の品の女性に対して、源氏は惟光や良清に「なりすまし」ていると読むこともできるのだ。

これをさらに延長すると、少女巻の夕霧と惟光の娘（藤内侍）にも適応できる。五節の舞姫になった娘に歌を贈った相手が夕霧だと知った惟光は、むしろ夕霧の妻（妾）になることを喜んでいる。と

というのも、

殿の御心おきてを見るに、見そめたまひてん人を、御心とは忘れたまふまじきにこそ、いと頼もしけれ。明石の入道の例にやならまし。（少女巻66頁）

と、惟光の目には源氏における明石の君の厚遇が焼き付いているからである。もし娘が夕霧から明石の君のような処遇を受ければ、自分は明石入道のような立場になると考えているのだ。夕霧を源氏にたとえ、娘を明石の君にたとえ、自らを明石入道にたとえるのは、それが互換可能だと思うからだろう。夕霧にしても、惟光の娘を雲居の雁の代償としているのだから、すべては「すりかえ」の物語として読める。

次に夕顔の乳母子右近だが、右近は夕顔の死後源氏に引き取られている。右近は夕顔の形見として、折ごとに源氏と夕顔の思い出を語り合ったことだろう。その際、右近は夕顔に「なりすまし」て、夕顔として源氏に奉仕していたとも考えられる。いわば「よりまし」のような役割である。それは宇治八の宮の北の方が亡くなった後、姪の中将の君が召人となっていることとも通底する。

その右近は、長谷寺で十七年ぶりに玉鬘と邂逅する。その後玉鬘は、夕顔の分身（再来）として六条院に入居し、「すき者どもの心尽くさするくさはひ」（玉鬘巻122頁）としてもてなされる。しかし右近の思惑は違っていた。右近は以前から、

故君ものしたまはましかば、明石の御方ばかりのおぼえには劣りたまはざらまし、（玉鬘巻87頁）

と、もし夕顔が生きていたら、明石の君に負けない処遇をされていただろうと反実仮想していた。だ

から玉鬘を夕顔の再来として、明石の君並みの厚遇を望んでいたのである。それは当然源氏の養女ではなく、源氏の妻の一人としてのことであった。右近にとって、娘の玉鬘は母夕顔の「すりかえ」用だったのである。[注9]

それにしても、明石の君にあやかりたいと願う人が多いと思われる。明石の君はそれほど羨ましがられる存在だったのだろう。[注10]

5　浮舟物語と〈すりかえ〉

続いて浮舟について見てみたい。浮舟は最初、左近少将と結婚する予定だった。ところが少将は、浮舟が常陸介の実子でないと知ると、さっさと実子の方に乗りかえている。浮舟自身が左近少将によって妹と「すりかえ」られたことになる。その後、中の君のもとにあずけられるのだが、母中将の君はそこで匂宮や薫を垣間見て、今まで左近少将を理想的な結婚相手と見ていた誤りに気付き、浮舟の婿をさっさと左近少将から匂宮そして薫へと「すりかえ」ている。

そのためか浮舟は匂宮に言い寄られ、かろうじて難を逃れている。匂宮にとっての浮舟は一介の新参女房にしかすぎなかったのだ。その後本命の薫に見出されて宇治での生活が始まるのだが、薫にとっての浮舟は、もちろん亡き大君の形代だった。ここでも浮舟は「すりかえ」られていたのだ。

一方、あきらめきれない匂宮は、ひょんなことから浮舟が宇治で薫の世話になっていることを知り、早速でかけていって三角関係になってしまう。そのことが発覚したことで、入水自殺を図った浮舟は、横川の僧都に助けられ、小野の妹尼にあずけられることになる。その妹尼は、亡くなった娘の身代わりとして浮舟の面倒を見る。それに連動して、かつて娘の恋人であった中将も、浮舟を身代わりにと接近してくる。薫と匂宮から逃れた浮舟は、またもや分身としての生をつきつけられるのである。そこから逃れる唯一の方法が出家だった。こうしてみると浮舟は、左近少将・薫・中将と三人の男性の形代とされていることがわかる。これが「すりかえ」られる浮舟の運命なのだろう。

最後に薫と匂宮の「すりかえ」を見てみたい。前述のように、大君は中の君を身代わりにしようとした。それに対抗して薫は、匂宮を自分の身代わりにする。要するに中の君と匂宮は、大君と薫の身代わりとして結ばれていることになるのだ。問題はそれがいとも簡単に行われたことである。

宮は、教へきこえつるままに、一夜《ひとよ》の戸口に寄りて、扇を鳴らしたまへば、弁参りて導ききこゆ。（総角巻264頁）

匂宮は薫に教わった通りに行動している。つまりここでは薫に「なりすまし」て薫を演じているのである。弁はその「なりすまし」に一切気付いていないようだ。これは明らかに弁の失態なのだが、やはり薫と匂宮の二人は相似であったというべきだろう。これまでこの部分はあまり重視されていなかったようだが、この一件こそが後の浮舟事件の布石になっているのである。

宇治で浮舟を発見した匂宮は、大胆にも薫に「なりすまし」て忍び込もうとする。それは既に「なりすまし」た経験があったからだろう。

「ものへ渡りたまふべかなりと仲信が言ひつれば、おどろかれつるままに出で立ちて。いとこそわりなかりつれ。まづ開けよ」とのたまふ声、いとようまねび似せたまひて忍びたれば、思ひも寄らずかい放つ。

（浮舟巻124頁）

なんと匂宮は薫の声帯模写ができたのである。そのことは、「もとよりもほのかに似たる御声を、ただかの御けはひにまねびて入りたまふ。」（同）ともある。[注11] 便宜的な感は否めないが、匂宮には薫の模倣、薫への変身願望があったのかもしれない。

さらに「香のかうばしきことも劣らず。」（同）と駄目を押している。これで右近は完全に騙されてしまう。これについて三田村氏は、匂宮の香りと薫の香りが似ている、要するに匂宮は薫の香りを模倣していると読んでおられる。それに対して私は、右近の嗅覚能力が低くて、二人の香りの違いを嗅ぎ分けられないと解釈してみた。[注12] 私は三田村氏の読みを否定しているわけではない。匂宮が薫の芳香を模倣しているとすると、つまり暗闇で薫と同じ香りを身に纏《まと》うと、いとも簡単に薫に「なりすます」ことができることが重要なのである。強烈な香りは、薫のアイデンティティーだが、特徴のあるものはかえって簡単に「なりすま」すことができるのである。

しかもこれには後日譚があった。薫と間違えて匂宮を入れてしまった右近は、もはや匂宮の来訪を拒否することはできなかった。他の人々には内緒なので、この後も匂宮は薫として浮舟を訪ね続ける。もはや一人ではどうにもならなくなった右近は若い侍従にわけを話し、共犯者になってもらった。早速匂宮が訪れた際、

道のほどに濡れたまへる香のところせう匂ふも、もてわづらひぬべけれど、かの人の御けはひに似せてなむ、もて紛らはしける。（浮舟巻149頁）

とあって、夜露に濡れた匂宮の衣装から強烈な香りが発散されている。これに関して新編全集の頭注には、

薫の体から発する芳香に匹敵する匂宮の薫香（匂兵部卿5二七ジペー）は、当然それと怪しまれるはずであるが、宇治の女房たちには薫と匂宮とを香りによって弁別する嗜みはなさそうである。前の匂宮の最初の入来の際も「香のかうばしきことも劣らず」（一二四ジペー）とあったが、匂宮のそれと気づかなかった。右近と侍従とは、なんとか薫の来訪のようにごまかした。（同）

とコメントされている。二度目以降も匂宮が薫の真似をしたのかどうかはわからないが、今度は右近と侍従が協力して匂宮を薫に擬装しているわけである。だから当事者たる浮舟はともかく、周囲の人達には薫の来訪が増えたようにしか見えなかった。匂宮の薫擬装は双方から行われていたのである。

結　擬装の宇治十帖

以上、源氏物語における「すりかえ」「なりすまし」（擬装）の論理に注目し、それがあやにくな恋物語展開の契機となっていることを論じた。特に宇治十帖の薫と匂宮と浮舟を中心に、いくつかの例をあげてみた。まさしく源氏物語は擬装の恋物語だったのである。もちろんこれ以外にも源氏物語に

はさまざまな「すりかえ」が潜んでいるので、こういった視点で物語を読み直すと、これまでとは違った源氏物語の世界が体験できるはずである。

ところでみなさんは、源氏物語ミュージアムを御存知かと思う。源氏物語の千年紀にミュージアムはちょうど開館十周年を迎え、それを記念してリニューアルされている。展示もビデオも刷新されているので、前に御覧になった方でもまた楽しめる。以前とどのように変わったかを確認してみてほしい。ビデオは人形から生の人間に変わっている。橋姫は必ずしも宇治十帖の再現ビデオではないので、その点は注意してほしい。

一番注目してほしいのは、ちょうど匂宮が薫に「なりすまし」て、浮舟のもとへ入りこむところである。原文にはないが、居合わせた女房が「香りが違います」と口にしている。その直後に戸が閉まってすべては後の祭りなのだが、これは意味深長な発言なので、どうか聞き逃さないようにしていただきたい。

注

第一章　後朝の時間帯「夜深し」

［1］小松光三氏「「夜深し」考」愛文19・昭和58年7月参照。小松氏は、「「夜深し」という時間規定の表現があって、家を去る例は、『源氏物語』に十七例ある。そのうち、十四例が夜明け近くと明確に特定できる。不明が、わずか三例あるだけである。」と述べておられる。この「夜明け近く」が問題なのである。

［2］小林賢章氏『アカツキの研究　平安人の時間』（和泉書院）平成15年2月、『「暁」の謎を解く　平安人の時間表現』（角川選書）平成25年3月参照。寅の刻から翌日になることは、既に橋本万平氏『日本の時刻制度』（塙選書）昭和41年9月、斉藤国治氏『古代の時刻制度』（雄山閣出版）平成7年4月、伊地知鐵男氏『伊地知鐵男著作集1』（汲古書院）平成8年5月などによって検証されている。なお平安時代は定時法なので、後世の不定時法との混同は避けたい。もちろん夜明けの時刻は四季によって変動するので、視覚的なずれも考慮する必要がある。なお『更級日記』に「暁にはまかでぬ」（新編全集325頁）・「暁には夜深く下りて」（326頁）などとあることから、宮仕えの女房も暁（翌日）になると主人の元から退出していたことが察せられる（パートタイマー）。また初瀬詣でに「暁に京を出」（341頁）たことが、「夜深う出でしかば」（342頁）・「夜深く出でしかば」（343頁）と言いかえられており、「暁」と「夜深し」が同一時間帯であることがわかる。その帰途も「暁まかでむ」（345頁）・「暁、夜深く出でて」（同頁）と繰り返されている。

［3］なお夕顔巻には「暁近く」とほぼ同時間の描写に「明け方も近うなりにけり。鶏などは聞こえで」（158頁）と出ている。この「明け方」も明るくなっていないので日付変更時点の意であろう。吉海「『源氏物語』夕顔巻の「暁」―聴覚の多用―」國學院雑誌111―4・平成22年4月（本書所収）。

［4］小林賢章氏「コヨヒ考」『アカツキの研究　平安人の時間』（和泉書院）平成15年2月

［5］「鶏鳴」や日付変更時点を「丑」とする吉澤義則氏『増補源語釈泉』（臨川書店）昭和48年5月、山本利達氏『中古文学攷』（清文堂出版）平成15年10月もあるが従えない。林田孝和氏も、「丑の刻は、暁の別れ・後朝の別れの時であった」（『源氏物語の創意』おうふう・平成23年4月）とされているが、「丑の刻が過ぎると」としていただきたい。

［6］用例数は小泉立身氏「まだ夜深きほどの」国文学8―6・昭和38年5月でも触れられている。小泉氏は『紫式部日記』の「まだ夜深きほどの月さしくもり」を問題にされ、「まだ夜明けには間のある時分」と訳されている。本論ではその「間」がかなり長いことを主張しているのである。なお残りの「夜深し」の用例は、25あやしう夜深き御歩きを、（夕顔巻181頁）、26床の上に、夜深き空も見ゆ。（須磨巻208頁）、27夜深く御手水まゐり、念誦などしたまふも、（須磨巻209頁）、28夜深きほどの人の気しめりぬるに、（椎本巻180頁）、29夜深く率て帰りたまふ。（浮舟巻155頁）、30夜深き露にしめりたる御香のかうばしさなど、たとへむ方なし。（浮舟巻192頁）、31かの夜深きまゐり物の所に心を寄せたるなるべし。（手習巻284頁）である。ただし手習巻の「山里の秋の夜ふかきあはれをももの思ふ人は思ひこそ知れ」（328頁）歌を加えると三十二例になる。

［7］『歌ことば歌枕大辞典』（角川書店）では、「深夜」「夜更け」とは別に「夜深し」で立項されている。

［8］吉海「『源氏物語』橋姫巻の垣間見を読む」同志社女子大学日本語日本文学21・平成21年6月

［9］小林賢章氏「アク考」『アカツキの研究　平安人の時間』（和泉書院）平成15年2月、同「「夕霧」の巻頭話の日時」同志社女子大学日本語日本文学14・平成14年6月参照。なお林田孝和氏はこの場面に関して、「光源氏はまもなく夜も明けるのではないかと思われるときに、宿直奏しの上官を捜す声を間近に聞いている」としておられる（『源

氏物語の創意』おうふう・平成23年4月)。なるほど「明く」には視覚的な明るさを読みたくなるが、その視覚幻想こそが誤読の要因となっているようである。「明く」にはもう一つ、翌日になる意味があることに留意したい。

〔10〕源氏の夢に現れた紫の上を「生霊」と見る高橋亨氏「若菜上」国文学19—10・昭和49年9月、三苫浩輔氏「夢と霊魂信仰」『源氏物語の民俗学的研究』(桜楓社)昭和55年6月、林田孝和氏「女三の宮の結婚—鶏の声を起点に—」『源氏物語の創意』(おうふう)平成23年4月もある。

〔11〕「明けぐれ」は『万葉集』や『拾遺集』にも歌われているが、歌語として認められるほどの用例数は認められない。『歌ことば歌枕大辞典』には立項されており、「歌語という意識は薄かったのではなかろうか。ところが、『源氏物語』になると五首も見え、「あけぐれの空に憂き身は消えななん夢なりけりと見てもやむべく」(若菜下・四九一・女三の宮)、「しるべせし我やかへりてまどふべき心もゆかぬあけぐれの道」(総角・六六一・薫)など、いずれも印象的である」(三角洋一氏担当)という興味深いコメントが施されている。

〔12〕小林賢章氏「アリアケ考」『アカツキの研究　平安人の時間』(和泉書院)平成15年2月

〔13〕小林賢章氏「アク考」『アカツキの研究　平安人の時間』(和泉書院)平成15年2月。なお「後夜の鐘」は仏道修行の合図であるから、『枕草子』に「陀羅尼は暁」(二〇〇段)とあるように、お経を読む声も時報の役割を果たしていたようである。

〔14〕宮中では原則として漏刻によって時間を知りえた。それ以外では寺院の六時の鐘が手掛かりになったはずである。ただし『源氏物語』において、「鐘の音」は平安京内では聞こえておらず、宇治など都の外でのみ機能している。かろうじて六条御息所の邸では、「下つ方の京極わたりなれば、人げ遠く、山寺の入相の声々にそへて」(澪標巻318頁)と入相の鐘が聞こえているが、これは京のはずれなので東山の寺の鐘が聞こえるわけである。なお鶏鳴がどれだけ正確なのかはわからない。六条院で鶏の鳴き声が聞こえていることも含めて、当時の鶏は採卵肉用ではなく純粋に鶏鳴用だったのであろうか。いずれにしても時を告げる聴覚情報にはもっと留意すべきであろう。

〔15〕「逢ふことぞやがてもの憂き暁の夜深きわれを思ひ出づれば」(『相模集』二〇〇番)など。

第二章　女性たちへの別れの挨拶——須磨下向へのカウントダウン

［1］小林賢章氏『アカツキの研究　平安人の時間』（和泉書院）、『「暁」の謎を解く　平安人の時間表現』（角川選書）参照。

［2］吉海「『源氏物語』「夜深し」考—後朝の時間帯として—」古代文学第二次19・平成22年10月19日（本書所収）

［3］小林賢章「「アケハツ」考」同志社女子大学学術研究年報64・平成25年12月では、「明けはつ」を午前五時としておられる。それだとたとえ暗くても。日付は既に翌日になっていることになる。

［4］新編全集の頭注一〇には、「二十四、五日のころで、夜更けから暁にかけて月が出る。その間の闇に紛れて入道の宮（藤壺）に会おうとして夕方に出かけた。」とある。ただしその月がいつごろ沈むかまでは考慮されていないようである。

［5］類似した表現として、源氏が明石から帰京する場面にも、「立ちたまふ暁は、夜深く出でたまひて」（明石巻267頁）とある。また『蜻蛉日記』の唐崎祓いでも、「寅の時ばかりに出で立つに、月いと明し」（新編全集193頁）とあった。

第三章　人妻と過ごす時——空蝉物語の「暁」

［1］三角洋一氏「空蝉の人物造型」『源氏物語と天台浄土教』（若草書房）平成8年10月。垣間見において空蝉がうちとけていなかったとすると、源氏が見ていることを意識していたという解釈も可能となる。吉海「空蝉・軒端の荻の「垣間見」」『「垣間見」る源氏物語』（笠間書院）平成20年7月参照。

［2］この「大殿」という呼称は、左大臣のことでもあり葵の上のことでもあった。源氏の意識では両者が同化しているのである。吉井美弥子氏「葵の上の「政治性」とその意義」『源氏物語作中人物論集』（勉誠社）平成5年1月参照。

［3］長い物忌み明けとあって、若い源氏の性的欲求不満も蓄積されていたことであろう。それが源氏をいつもより情熱的な行動に駆り立てている要因の一つかもしれない。

［4］普通、「女房」は侍女の意味で考えられているが、この場合は婉曲的に伊予介の妻である空蝉も含まれている。これを空蝉中心にとらえると、「女房」に「妻」の意味が含まれることになる。ただし紀伊守が自分の継母を「女房」と言うのはどうであろうか。この場合は漠然と、というか朧化表現として「女ども」と解釈しておきたい。

［5］林田孝和氏「女三の宮の結婚—鶏の声を起点に—」『源氏物語の創意』（おうふう）平成23年4月。

［6］稲賀敬二氏『枕草子・大鏡』（尚学図書鑑賞日本の古典5）昭和55年5月には、「「あけぼの（曙）」ということばは『万葉集』・『竹取物語』・『伊勢物語』・『土佐日記』などにはなく、『古今集』『後撰集』にもあらわれない。『蜻蛉日記』にはじめてあらわれ、『枕草子』も実は冒頭段の一例に過ぎない。『源氏物語』に一躍十余例を見るが、その後も散文の方ではあまり使われず、どちらかといえば「あさぼらけ」という語の方が多く用いられていたようである」（28頁）と記されている。なお新編全集の頭注では、「折からの有明の月を添えて源氏の優艶哀切の慕情とみごとな融合を示す。注一二の自然描写が人物の心情と不可分につむぎ出される行文」（105頁）と解説されている。

［7］源氏は小君に「さりぬべきをりみて対面すべくたばかれ」（空蝉巻118頁）と依頼している。本来ならば一度関係を持てば、その後は簡単に逢えるのであるが、空蝉の場合は人妻との不倫であるから、そのたびに逢うための算段が必要なのである（藤壺の場合も同様）。

［8］吉海「『源氏物語』「夜深し」考—後朝の時間帯として—」古代文学研究第二次19・平成22年10月（本書所収）

［9］なお「昨晩参上りしかど」（128頁）とあるのは、ここでは宵のうちにと解してよさそうである。小林賢章氏「コヨヒ考」『アカツキの研究』（和泉書院）平成15年2月参照。女房は夜通し主人の前に伺候し、暁を待って退出したらしい。そのことは『更級日記』「宮仕えの記」の、

・暁にはまかでぬ。（新編全集325頁）

・暁には夜深く下りて、（326頁）

・暁にはまかづ。(328頁)

といった記述によっても確認できる。暁こそは女房の退く合図だったのである。

第四章　庶民生活の騒音――夕顔巻の「暁」

[1] 吉海「夕顔物語の構造」『源氏物語の新考察―人物と表現の虚実―』(おうふう) 平成15年10月

[2] 類似した表現が東屋巻に、「ほどもなう明けぬる心地するに、鶏などは鳴かで、大路近き所に、おぼとれたる声して、いかにとか聞きも知らぬ名のりをして、うち群れて行くなどぞ聞こゆる」(東屋巻93頁) とある。どうやら東屋巻は夕顔巻の描写を再利用(物語内本文引用)しているようである。

[3] 小林賢章氏「アク考」『アカツキの研究　平安人の時間』(和泉書院) 平成15年2月

[4] 三田村雅子氏「〈声〉を聞く人々」『源氏物語感覚の論理』(有精堂) 平成8年3月にも、夕顔巻の過剰な音については指摘されていない。ついでながら、こういった騒音に秩序などあろうはずもないが、ここでは順番に聞こえてきているので、それも虚構ということになる。

[5] なお源氏物語の暁については、河添房江氏「源氏物語の暁」『源氏物語表現史』(翰林書房) 平成10年3月参照。

[6] 小林賢章氏「日付変更時点とアカツキ」『アカツキの研究　平安人の時間』(和泉書院) 平成15年2月。ただし近著『「暁」の謎を解く』(角川選書) 平成25年3月において、暁の終了時刻は「日の出前」から「午前五時」に変更(修正)されている。

[7] 「もろともに」とは一緒にということだが、一緒に外を眺めているからといって二人の心まで通い合っているわけではない。この場合は「たまふ」とあるので主体は源氏であり、あくまで源氏の一対幻想なのであり、夕顔の内面は必ずしも源氏に同調しているわけではなかった。同様のことは総角巻の薫と大君にもあてはまる。また『狭衣物語』巻一の飛鳥井の女君との出逢いも夕顔巻が引用されている。安永美保氏「『源氏物語』「もろともに」考

―紫の上への一対願望を中心に―」日本語日本文学22・平成22年6月参照。

[8] 吉沢義則氏「あかつき」『源語釈泉』(誠和書院)昭和25年7月には、万葉集の例を検討された結果として、「「あかとき」は、深更から明け方までの通称である。その明け方の一部は暁の字に当てはまるかと思はれるが、少くとも、暁は「あかとき」の全部には当てはまらない。結局、暁は「あかとき」の当て字であるに過ぎないのである」(4頁)と記されている。また池田亀鑑氏「暁」『平安時代の文学と生活』(到文堂)昭和53年6月には、「「あかつき」はまだ天が明けず、暗い時をさす。平安時代文学には、「夜なかあかつき」とつづけるものが多い。もし夜明けを基準としていうならば、夜に近い方を暁というのである」(416頁)とある。

[9] 類似した例としては、匂宮が浮舟を橘小島に連れ出す場面がある。なお『堤中納言物語』所収の『思はぬ方に泊まりする少将』では、そのことによって妻の取り違えが生じている。

[10] ここに「例の急ぎ出で」とあるが、何が「例の」なのかよくわからない。夕顔の元に通ったときはいつもそうだったというのであろうか。顔を見られたくなかったので、明るくなる前にさっさと帰っていたのかもしれない。

[11] 吉海「「いさよふ月」と「いさよひの月」―『源氏物語』夕顔巻の一考察―」古代文学研究第二次14・平成17年10月

[12] 有名な和泉式部の「もの思へば沢の蛍も我が身よりあくがれいづる魂かとぞ見る」歌もあるが、これは和泉式部晩年の歌とされているので、ここでは葵巻より後の例としておきたい。

[13] 大弐の乳母も惟光も五条の邸にいるのだから、程度の差こそあれ夕顔と同様に喧噪の中に身を置いていたはずである。これは夕顔の宿だけの特徴ではなく、典型的な中の品以下の生活空間と見ておきたい。

第五章　大君と中の君を垣間見る薫―橋姫巻の「暁」

[1] 吉海「「垣間見」る薫」『垣間見る源氏物語』(笠間書院)平成二十年七月

［2］吉海「紫式部と源氏文化若紫巻の「雀」を読む」『〈紫式部〉と王朝文芸の表現史』（森話社）平成24年2月
［3］姫君達の演奏に関しては、僧都が冷泉院に八の宮のことを語った際に、「この姫君たちの琴弾き合はせて遊びたまへる、川波に競ひて聞こえはべるは、いとおもしろく、極楽思ひやられはべるや」（橋姫巻129頁）と知らされていたのであるから、これまで封印（延引）されていたことになる。
［4］ただし薫の垣間見印象は繰り返し想起されるにつれ、
・ほのかなりし月影（橋姫巻154頁）
・ありしののめ思ひ出でられて、琴の音のあはれなることのついでつくり出でて、「前のたび霧にまどはされはべりし曙に、いとめづらしき物の音、一声うけたまはりし残りなむ」（橋姫巻156頁）
・飽かず一声聞きし御琴の音（椎本巻181頁）
・ほの見し明けぐれなど思ひ出でられて（椎本巻198頁）
・かの物の音聞きし有明の月影よりはじめて（総角巻236頁）
のごとく微妙に変化している。「ありしののめ」では薄明るい時間になってしまい、「明けぐれ」では暗くて垣間見られなかったはずである。また琴の音は垣間見以前に聞こえてきたもので、垣間見の際に演奏は既に終了していた。なおこの問題は、高橋亨氏「源氏物語の内なる物語史」『源氏物語の対位法』（東京大学出版会）昭和57年5月、小町谷照彦氏「大君物語の始発―「橋姫」「椎本」の展開―」『源氏物語の歌ことば表現』（東京大学出版会）昭和59年8月、河添房江氏「宇治の暁」『源氏物語表現史』（翰林書房）平成10年3月でも触れられている。

［5］松尾聡氏「中古語「みじかし」について」国語展望45・昭和52年3月。ただし至文堂の『源氏物語の鑑賞と基礎知識④橋姫巻』では、『岷江入楚』に「簾を高く捲たるなるべしまきのこしたる上の方の短きなるべし」が正しい解釈であろう」（101頁）と記されている。国宝絵巻の詞書には「すだれすこしまきあげて」とあり、やはり低い方の解釈を取っている。

［6］「萎えばむ」は『源氏物語』の全用例九例中七例が宇治十帖に、しかもそのうちの三例が橋姫巻に集中しているので、

キーワードと見たい。その他「萎ゆ」八例、「うち萎ゆ」一例がある。「なえらか」は「なよよか」に近接したもので、『枕草子』に五例、『蜻蛉日記』に一例見られる。なお直衣に関してはもともと「萎装束」なので、必ずしも経済的不如意の表れではなく、夕霧の例などむしろ美的に描かれている。

[7] 余談だが、宇治の源氏物語ミュージアムの展示でも、コンピューター制御によって月を映しだしたり隠したりしているが、その動きに気がつく人は少ない。

[8] 絵入源氏の傍注では琵琶を「中」、琴を「大」としており、最近の解釈と一致している。清水婦久子氏『源氏物語版本の研究』（和泉書院）平成15年3月参照。

[9] 吉海「「手まさぐり」攷」『源氏物語の新考察―人物と表現の虚実―』（おうふう）平成15年10月

[10] 上坂信男氏「小野の霧・宇治の霧」『源氏物語―その心象序説―』（笠間選書）昭和49年5月

[11] 吉海「「かうばし」考」『垣間見る源氏物語』（笠間書院）平成20年7月

[12] 三谷邦明氏『源氏物語絵巻の謎を読み解く』（角川選書）平成10年12月

[13] 帰京後も「宿直人が寒げにてさまよひしなどあはれに思しやりて、大きなる檜破子やうのものあまたせさせたまふ」（151頁）と薫は宿直人に食べ物を届けている。これは単なる同情や親切心ではなく、宿直人を懐柔して味方に付けようとしているのであろう。

[14] この薫の芳香について助川幸逸郎氏は、愛欲に関わるとその体臭がより強烈になると言われている（「薫の〈かをり〉をめぐって」中古文学論攷13・平成4年12月）。この場面から薫の愛欲を読み取るのは困難だが、逆に芳香の高まりから薫の内なる性的興奮状態を読むことは可能かもしれない。

[15] 三田村雅子氏「方法としての〈香〉―移り香の宇治十帖―」『源氏物語感覚の論理』（有精堂）平成8年3月、吉海「「移り香」と夕顔」『源氏物語の新考察―人物と表現の虚実―』（おうふう）平成15年10月（本書所収）。

[16] 薫の香りが感染することについては、平成20年11月8日に行われた日本文学風土学会で「嗅覚の『源氏物語』―感染する薫の香り―」という題で講演し、日本文学風土学会紀事33（平成21年3月）に掲載した（本書所収）。

第六章　契りなき別れの演出――総角巻の薫と大君

［1］吉海『「垣間見」る源氏物語』（笠間書院）平成20年7月

［2］吉海「『源氏物語』「夜深し」考―後朝の時間帯として―」古代文学研究第二次19・平成22年10月（本書所収）

［3］小町谷照彦氏「風景の解読―「総角」の表現構造」『源氏物語の歌ことば表現』（東京大学出版会）昭和59年8月参照。小町谷氏は馬の鳴き声に関して、「馬の嘶きは宇治の山里の光景としては似つかわしくても、後朝の情緒にはふさわしくないのである。「駒」は恋の通い路の案内とはなったが、鳴き声は詠歌の対象とはならなかった」と述べておられる。朝日真美子氏「源氏物語総角巻における「暁の別れ」と漢詩文―「遠情」がもたらす表現―」女子大国文154・平成26年1月ではそこの漢詩の引用があることを論じている。

［4］三田村雅子氏「宇治十帖の〈音〉―雑音（ノイズ）として―」『源氏物語感覚の論理』（有精堂）平成8年3月参照。なお三田村氏は、「この場面に限って言えば、薫の音の聞き方は、既に夕霧巻で戯画化されてしまった夕霧のそれと等しく」云々と、夕霧物語との類型を指摘しておられる。なお薫は鶏鳴を耳にして京のことを思い出しているが、それは鶏鳴が京に相応しい音だったことの証拠にもなる。

［5］平安時代の時刻は定時法（漏刻）であったが、その後の不定時法導入によって誤解・混乱が生じ、平安時代も不定時法だったという意見まで出されている。さらに定時法と不定時法が同時に行われていたとする意見もある。確かに宮廷とそれ以外、あるいは貴族と庶民で時刻が共有できたのかどうかわからない。仮に不定時法が通行していたとして、では夜の時刻をどのようにして知りえたのか、納得できる説明はなされていない。例えば暗い時間帯である寅の刻（午前三時）を、当時の人はどのようにして知りえたのだろうか。それは定時法か不定時法かとは無関係ではないだろうか。だからこそ「鐘の音」・「鳥の声」が重要なのである。当時の鶏は採卵・採肉用ではなく、時刻を知るための鶏鳴用だった。しかしながらどこまで正確に鳴かせることができたのかは疑問である。

もちろん物語でそこまでの現実味は不要であろう。

［6］小林賢章氏「アク考」『アカツキの研究　平安人の時間』（和泉書院）平成15年2月

［7］小林賢章氏「アケガタ考」『アカツキの研究　平安人の時間』（和泉書院）平成15年2月。なお「光見えつる障子」とあるが、普通「障子」は母家と廂の間の建具とされている。そこから簀の子を通して外を見るというのは無理がある。この時間なら格子（蔀）も閉まっているはずだからである。また「押し開け」とあるが、どのように障子を開閉できたのかよくわからない。二人が廂にいて「格子」を開けるのならすっきりするが、昨夜薫は大君のいる母屋に侵入しているようなので、うまく説明できない。少なくともここは寝殿造りの建物ではないようである。

［8］小林賢章氏「アサボラケ考」同志社女子大学学術研究年報63・平成24年12月では「あさぼらけ」の始まりを「暁」と同時刻としておられる。また伊藤夏穂氏「「朝ぼらけ」詠―音を聞く時―」國學院大學大学院文学研究科論集37・平成22年3月では、「「朝ぼらけ」の音は恋情を喚起し、「あかつき」の音は仏教的救済への希久を促す点で、両者の時間的観念は異なる」と述べておられる。

［9］吉海「『源氏物語』橋姫巻の垣間見を読む」同志社女子大学日本語日本文学21・平成21年6月

［10］安永美保氏「『源氏物語』「もろともに」考―紫の上への一対願望を中心に―」同志社女子大学日本語日本文学22・平成22年6月。なお蔀を下ろしたら気色は見えないはずである。椎本巻では蔀を上げて見ていた。ここは蔀を下ろすまでのわずかな時間の景色であろうか。

［11］吉海「『源氏物語』夕顔巻の「暁」―聴覚の多用―」國學院雑誌111―4・平成22年4月（本書所収）

第七章　牛車のなかですれ違う心――東屋巻の薫と浮舟

［1］吉海「弁の尼」『源氏物語の乳母学』（世界思想社）平成20年9月

［2］小学館の古語大辞典の語誌には、「源氏物語では、四段の用例はすべて女性の性格や態度について用いられている」

と説明されている。

〔3〕中嶋朋恵氏「『源氏物語』浮舟における「おほどく」「おほどか」」、針本正行氏「『源氏物語』の「おほどか」―宇治八の宮一族の血脈の言葉を視点として―」、ともに『王朝女流文学の新展望』(竹林舎)平成15年5月所収。あるいは薫の大君像は、生きている中の君によって無意識のうちに修正されているのかもしれない。

〔4〕中の君と大君にしても、二人の類似が表面化するのは大君が亡くなった後であり、生前はむしろ姉妹の差異こそが強調されていた。薫は虚構の大君幻想を作り上げているのかもしれない。

〔5〕小林賢章氏「日付変更時点とアカツキ」『アカツキの研究　平安人の時間』(和泉書院)平成15年2月参照。なお寅の刻を午前四時と解説しているものや、「払暁・早暁・平旦」を夜明け頃とする辞書も少なくないが、ここではすべて午前三時としたい。

〔6〕河添房江氏「宇治の暁」『源氏物語表現史』(翰林書房)平成10年3月参照。ただし「鶏鳴」については丑刻とするものもあり、時間的にゆれが存するようである。そもそも鶏がいつも定刻に鳴くとは限るまい。

〔7〕全集の頭注には「夜明けにはまだ間があるうちから起き出して帰るのは、心がひかれない証拠」(末摘花巻284頁)と記されている。なお「夜深し」の時間帯は深夜(深更)ではなく、暁直後(翌日になるとすぐ)と考えたい。そのことは源氏が女三の宮のもとを去るに際して、「鶏の音待ち出でたまへれば、夜深きも知らず顔に急ぎ出でたまふ」(若菜上巻68頁)とあることからも察せられる。「鶏の音」が鶏鳴であれば、翌日になってすぐということになるからである。吉海「『源氏物語』「夜深し」考―後朝の時間帯として―」古代文学研究第二次19・平成22年10月(本書所収)

〔8〕鈴木一雄氏「浮舟登場の意義(その1)」『源氏物語の鑑賞と基礎知識6東屋』(至文堂)平成11年6月、吉海「『源氏物語』夕顔巻の「暁」―聴覚の多用―」國學院雑誌111―4・平成22年4月(本書所収)。

〔9〕長谷川政春氏「さすらいの女君(二)―浮舟」『物語史の風景』(若草書房)平成9年7月

〔10〕橋本ゆかり氏「抗う浮舟物語―抱かれ、臥すしぐさと身体から―」『源氏物語の〈記憶〉』(翰林書房)平成20年4

月。抱かれるからといって受動的かどうかは意見の分かれるところかもしれない。

[11]『御堂関白記』寛弘二年十月十九日条には、「浄妙寺供養、天晴、以寅時出立、月如昼、辰始着寺」云々とあるが、これだと午前三時に出立してわずか四時間で浄妙寺に到着したことになる。これは牛車ではなく馬だから可能なのだろう。

[12]三田村雅子氏「源氏物語の「車」の空間」『源氏物語国際フォーラム集成』(源氏物語千年紀委員会)平成21年3月。三田村氏は、「宇治十帖の車のシーンは、車というものを新しい文学の空間として導入するのだという気迫にあふれているものではないかと思います」(122頁)と述べておられる。

[13]吉海「『御堂関白記』における「女方」について―道長と倫子の二人三脚―」解釈38―2・平成4年2月。

[14]ついでながら『狭衣物語』巻四にも同様の例がある。狭衣が式部卿の娘を、

御車ももたげたれば、いと軽らかに、かき抱きて載せたてまつりたまへるを、弁などは、「いとにはかにこそ侍るべけれ。しばしは、かやうにても、おはしましなんものを。宰相殿も、いかにあやしう思さん」と聞こえさすれど、「慣らはぬ暁起きも苦しかるべければなり。まづ、ただ一人ばかりは、疾く乗りたまへ」と、いそがしたまへば、いと心あわたしき心地して、とまる人々に、よろづは言ひ置きて、引きつくろひて参りぬ。(新編全集308頁)

と抱いて乗せている。弁の乳母の同行など、このシーンは若紫巻を踏まえているようである。

[15]吉海「賀茂例祭と車争い」『源氏物語の鑑賞と基礎知識9葵』(至文堂)平成12年3月

[16]吉海「嗅覚の『源氏物語』―感染する薫の香り―」日本文学風土学会紀事33・平成21年3月(本書所収)

[17]『更級日記』では、初瀬詣でに「暁に京を出」(新編全集341頁)て、「法性寺の大門」(342頁)で後から来る人を待っている。法性寺は待ち合わせの目印だったようである。

[18]倉田実氏「心にもあらず独りごち給ふを―発信する独り言」国文学45―9・平成12年7月では、薫から発信された独り言は尼君には正しく受信され、浮舟には不吉な運命として受信されたと二義的に解釈しておられる。なお「独

りごつ」については吉海「『源氏物語』夕顔巻の再検討―「ひとりごつ」の意味―」同志社女子大学大学院文学研究科紀要12・平成24年3月参照。

[19] 二人の心情のすれ違いに関しては、三田村雅子氏が「共に濡れ、衣の色を移し合うことで思いを一つにしたかのような薫の一方的な錯覚・幻想が語られることによって、薫と浮舟の宇治への道行きは、すれ違いに満ちた道行きとして、ふたりの不吉な先行きを暗示しているのである」(「濡れる身体の宇治―水の感覚・水の風景―」源氏研究2・平成9年4月)と述べられており、大変参考になった。ただし本論では二人ではなく四人のすれ違いとして論じている。

[20] 吉海「浮舟―その人物像の多様性―」解釈と鑑賞69―8・平成16年8月

第八章　「なつかし」と結びつく香り

[1] 小嶋菜温子氏「〈空白の身体〉―空蝉と光源氏にみる催馬楽・風俗歌―」『源氏物語の性と生誕』(立教大学出版会)平成16年3月。なお金秀姫氏「空蝉物語の「いとなつかしき人香」考―『古今集』との表現的関連について―」むらさき37・平成12年12月も参考になる。また三田村雅子氏は「方法としての〈香〉―移り香の宇治十帖―」『源氏物語感覚の論理』(有精堂)平成8年3月において、空蝉の人香を「入内への夢破れ、受領の妻として生きる空蝉の女君の、抑圧された思いを、光源氏は、衣に染みた「なつかしき人香」によって嗅ぎとり、汲み取っているのである」(180頁)と分析しておられる。しかし当時十七歳の源氏に、それだけの余裕・洞察力が備わっていたとは到底思えないのだが、いかがであろうか。

[2] 吉海「小君の役割」『源氏物語の新考察―人物と表現の虚実―』(おうふう)平成15年10月

[3] さすがの『歌ことば歌枕大辞典』(角川書店)「懐かし」項でも、嗅覚との関連には言及されていなかった。片桐洋一氏『歌枕歌ことば辞典』(笠間書院)では項目としても取りあげられていなかった。

[4] 「音」に関しては、夙に佐藤孝枝氏「源氏物語の「なつかし」」解釈1―4・昭和30年8月で指摘されている。それは『万葉集』でほととぎすの鳴き声を、「夜声なつかし」(三九三九番)・「なつかしく聞けど」(四二〇〇番)と詠じている点からも首肯される。なお聴覚と嗅覚は重なりを有しており、明石の君の「たをやかにつかひなしたる撥のもてなし、音を聞くよりも、またありがたくなつかしくて、五月待つ花橘、花も実も具して押し折れるかをりおぼゆ」(若菜下巻193頁)などは、琵琶の音に花橘の香が融合していると思われる。

[5] 片桐洋一氏『古今和歌集全評釈(上)』(講談社)平成10年2月

[6] 吉海「「移り香」と夕顔」『源氏物語の新考察―人物と表現の虚実―』(おうふう)平成15年10月(本書所収)

[7] 吉海「「かうばし」考」『「垣間見」る源氏物語』(笠間書院)平成20年7月

[8] 小学館の『古語大辞典』の「語誌」には、「現在のように、懐古の意味をもつようになったのは、中世以後のことらしい」とあるが、いかがであろうか。

[9] 梅野きみ子氏は「香をなつかしみ」表現について、「「野をなつかしみ」を転用した紫式部新造の語法」としておられる(「光源氏の人間像―その「なつかし」を中心に―」椙山女学園大学研究論集人文科学篇30・平成11年3月)。なるほど勅撰集の初出は『詞花集』(『後葉集』に再録)とずっと下っている。合わせて「香をかぐはしみ」から「香をなつかしみ」へという変化も想定できそうである。

[10] Gの『万葉集』歌にあったように、もともと梅の香は嗅覚的になつかしいものであった。それが平安朝以降の紅梅となると、「色も香もなつかしき」と視覚と嗅覚の両方からなつかしとされるようになる。なお早蕨巻と類似した描写が手習巻に、「閨のつま近き紅梅の色も香も変らぬを、春や昔のと、こと花よりもこれに心寄せのあるは、飽かざりし匂ひのしみにけるにや」(356頁)とある。紅梅の「なつかし」では、視覚と嗅覚の融合も可能だったようである。

[11] 中西良一氏「源氏物語の「なつかし」について」和歌山大学教育学部紀要人文科学17・昭和42年12月。ただし具体的な用例はあげられていない。本論では二一例を対象としている。

［12］吉海「「追風」考―『源氏物語』の特殊表現―」國學院雑誌109―10・平成20年10月（本書所収）

［13］この小袿は空蝉の伊予下向に際して返却されている。その小袿には、当然源氏の移り香が染みているはずである。それを手にすることによって、今度は空蝉が源氏を想起することになるのではないだろうか（移り香の交換）。

第九章　男性から女性への「移り香」

［1］片桐洋一氏は、『古今集』42番にある紀貫之の「人はいさ」歌を含めて、詞書の「主」を女性と解釈しておられる（『古今和歌集全評釈下』講談社・平成10年）。また佐田公子氏「蝉の羽の夜の衣は薄けれど―古今和歌集雑歌上876番歌の位置―」和歌文学研究78・平成11年6月参照。あるいは源氏物語はそういった解釈の揺れを積極的に取り入れているのかもしれない。

［2］石川徹氏「平安朝に於ける物語と和歌との相互関係について」国語と国文学23―5・昭和21年5月参照。

［3］最近のものでは、田中喜美春氏「夕顔の宿りからの返歌」国語国文67―5・平成10年5月、清水婦久子氏「夕顔の歌の解釈」『源氏物語の鑑賞と基礎知識8夕顔』（至文堂）平成11年等があげられる。

［4］特に扇に書かれた歌に関しては、随身が門内に入って夕顔の花を折るわずかな間に、咄嗟に歌を書いて差し出すことなど可能であろうか。歌に「夕顔」を詠み込んでいるので、源氏と随身の会話を聞いて準備したのかもしれないが、もしそうならまだ墨も乾いていなかったであろう。あるいは源氏側の行為とは無縁に、夕顔側の扇と贈歌は、それ以前から周到に用意されていたと見ることもできなくはない（もちろん相手が源氏でなくても可能）。それで歌の解釈に矛盾は生じないようである。たまたま随身が花を折りに来たので、タイミングよく扇を渡せたというのが真相かもしれない。もちろん夕顔側は、この随身の顔を見知っていたと考えることもできよう。その場合、源氏の公的随身がかつて頭中将の随身だったと考えられれば面白い。どうも夕顔側は、頭中将の訪問を心待ちにしているような節があるので、その準備も整っていたわけである。受け取る相手が頭中将ならば、筆跡によっ

て夕顔と認定できるであろう。なお源典侍も「森の下草老いぬれば」（恋人募集中）と書かれた扇（かはほり）を使用していた。

［5］「もて馴らしたる移り香」の実態はよくわからない。一般的には香がたきこめられていると考えられるが、持主の体臭が付着していると見るのも面白い。あるいは黒須氏のように、匂いではなくて染みついた色であろうか。

［6］白い扇は浮舟にも付随しているが、「白き扇をまさぐりつつ添ひ臥したる」（東屋巻201頁）・「扇の色も」（同202頁）とあって、浮舟の例では「移り香」は全く問題視されていない。また白い扇ではないが、扇と「移り香」という点では「丁子染の扇のもてならしたまへる移り香などさへたとへん方なくめでたし」（宿木巻73頁）があげられる。これは薫の扇の説明であるが、底本の脚注に「「丁子染」は、黄色に赤味を帯びた、夏用の染色。「扇」も夏用」（同頁）と記されている。扇は必ずしも夏のみの限定使用品ではないわけであるから、もて馴らした扇といえども一年中所持しているのではなく、季節によって取り替えていることが察せられる。そうなると夕顔巻の「白き扇」にしても、新品ではないにせよ、だからといって夕顔が常日頃愛用していた扇とは断言できないことになる。第一、この装飾もされていない「白い」扇は、桧扇などに比べてはるかに見劣りがするはずである（安物？）。あるいは注［4］の源典侍の例を含めて、恋愛の小道具としての扇の重要性を見直すべきであろうか（圷美奈子氏「『枕草子』「過ぎにし方恋しきもの」再考（下）」語文97・平成9年3月参照）。少なくとも風を起こす道具としての実用的な扇は蜻蛉巻の一例しか描かれておらず、歌を書き付けたり合図を送ったりするものとして、また顔を隠すものとして用いられることの方が多い。

［7］右近のみならず浮舟にしても、匂宮に言い寄られた際「この、ただならずほのめかしたまふらん大将にや、かうばしきけはひなども思ひわたさるるに」（六東屋巻61頁）と考えており、薫と匂宮の区別がきちんとついていたわけではなかった。どうやら浮舟には嗅覚判断能力が付与されていないようである。

［8］ただし兵部卿宮に嗅覚判別能力が備わっていたのでは、藤壺と源氏の密通事件が発覚してしまう恐れがある。そのためにここで鼻がきかないことをさりげなく匂わしているのかもしれない。その意味で紫の上はまさしく藤壺

の分身であった。

［9］薫の「移り香」（ただし香ではなく体臭）の強烈さは、既に竹河巻において「うちふるまひたまへる匂ひ香など世の常ならず」（52頁）と強調されていた。続く橋姫巻でも、宿直人に脱ぎ与えられた衣装において、やや滑稽に「ところせき人の御移り香にて、えも濯ぎ棄てぬぞ、あまりなるや」（119頁）と提示されている。それが伏線的に「かの御移り香もて騒がれし宿直人」（椎本巻166頁）と再提起され、さらには大君に移った薫の香を、中君が「ところせき御移り香の紛るべきもあらずくゆりかをる心地すれば、宿直人がもてあつかひけむ思ひあはせられて」（総角巻189頁）と怪しむ場面にまで引きずられている（判別能力あり）。中君にしても、大君の一件で薫の移り香のすごさを知っていたからこそ、わざわざ衣服を取り替えたのではないだろうか（「かの」とあるのも象徴的）。注［6］の薫の描写にしても、伏線的効果を有していることになろう。というよりも、これだけ薫の体臭が誇張されている点、滑稽さを通り越して不気味な感じがする。それにもかかわらず現代の読者は、こういった描写を単純に美的なプラス表現として理解するのであろうか。

［10］真木柱がこれを冗談で済ませているとすれば、政治的な能力には欠けていることになる。これは明らかに匂宮が兄東宮に対して挑んでいるわけであり、かつての朱雀帝と源氏の繰り返し（東宮と匂宮との皇位継承事件）だからである。匂宮は、東宮の寵愛を受けた大夫の君を手懐けて自分のものにすることによって、玉鬘の大君が東宮に入内したことへの仕返し（自己主張）をしているのである。ここでは姉大君の分身として機能していると考えられる。その意味でこの一件は、東宮が大夫に付いた匂宮の移り香に気付くことを承知の上でのこと（計画的）だったのかもしれない。

［11］これに類似した例として、初音巻における明石の君の行動があげられる。教養ある明石の君が、正月という季節に相応しからぬ侍従（秋の香）を用いている場面であるが、もしそれが明石の岡辺の家でいつもくゆらされていた香だとすれば、明石における源氏との逢瀬（八月）を想起させる小道具として、むしろ積極的・作為的に仕掛けられていることになるからである（吉海「「岡辺」のレトリックあるいは明石の君のしたたかさ」解釈41―2・

平成7年2月)。

[12]『古今集』三五番「梅の花立ちよるばかりありしより人のとがむる香にぞしみぬる」歌は、題知らず・読み人知らずであるが、『兼輔集』八番には「しのびたる人の移り香の、人とがむるばかりしければ、その女に」という詞書付きで出ており、「移り香」が用いられている。これは珍しく男の袖に女の移り香が移ったものである。また『恵慶集』にも「追風のこしげき梅の原行けば妹が袂の移り香ぞする」(新編国歌大観)とある。なお鎌倉時代物語などにも、「移り香をありし形見と思ふ身に袖さへ今は朽ち果てねとや」(『あきぎり上』62頁)、「形見とて袖にしめつる移り香をあらふは今朝の涙なりけり」(『月詣集』五六四番)といった「移り香」の用例が見られる。

[13]ただし『枕草子』「正月一日、三月三日は」章段には「移り香」ではないが「移しの香」が存する。「菊の露もこちたく、おほひたる綿などもいたく濡れ、うつしの香ももてはやされて」(新編全集43頁)。これは綿に染みた菊の移り香であろう。

[14]帰国後、形見の鏡を開いた際も同様で、少将は「いとしるきにほひのにる物なきがうちかをる心ちする」(119頁)と認識していながら、その移り香を気にかけていない。そのため華陽公主に「思ひかけぬさきの世に、たぐひなしと身にしめし人の御かをりに、かすかにおぼえたる」(120頁)と、嗅ぎ当てられており、やはり少将は鈍感と言わざるをえない。

[15]注[9]参照。また宇治十帖、特に薫の「移り香」に関しては、三田村雅子氏「方法としての〈香〉—移り香の宇治十帖へ—」『源氏物語感覚の論理』(有精堂・平成8年)に詳しい考察があり、参考になる。付言すれば、薫の場合は香ではなく自らの体臭(香製造器)であり、それが宿直人・大君・中の君・浮舟へ感染していくのである。それに対して匂宮は間接的に人工的な香をたきしめているわけだから、「移り香」の強さという点では、到底薫に対抗できるはずもなかった。

[16]同様の例として、女三の宮の元に通う光源氏の衣装に香を焚き込める紫の上をあげることができる。ただし紫の上の場合は、「御衣どもなど、いよいよたきしめさせたまふものから、うちながめてものしたまふ気色、いみじく

らうたげにをかし」（若菜上巻49頁）のごとく美的に描かれている。これなど紫の上が、源氏の香を管理していると見ていいのであろうか。

[17]『源氏物語』が「移り香」を積極的に活用させようと思えば、正編における藤壺や女三の宮の密通事件、あるいは空蟬や朧月夜との一件などに容易に応用できたはずである。女の身体に付着した男の「移り香」は、密通の動かぬ証拠たりうるのであるから。しかしながら物語は、そういった方向への展開を完全に閉ざしている。ただし空蟬に関してのみ、「移り香」という表現こそ出てこないが、かわりに「かの薄衣は小袿のいとなつかしき人香に染めるを、身近く馴らして見ゐたまへり」（空蟬巻105頁）とあり、空蟬の体臭混じりの「移り香」を「人香」という類似表現で記している。この「人香」は『源氏物語』に三例用いられており（他作品の使用例未確認。当然歌語でもない）、空蟬巻以外では「和琴を引き寄せたまへれば、律に調べられて、いとよく弾きならしたる、人香にしみてなつかしうおぼゆ」（横笛巻63頁）・「小袿重なりたる細長の人香なつかしう染みたるを、とりあへたるままにかづけたまふ」（竹河巻56頁）などがある。横笛巻の用例は、普通は落葉宮の「移り香」と解釈されているが、もともとその和琴は柏木愛用の遺品であるから、柏木の「移り香」と見た方がよさそうである。竹河巻の用例は、玉鬘着用の衣類と見れば玉鬘の「移り香」となるが、細長は若い女性が着用するものだから、あるいは姫君のものかもしれない。いずれにせよ薫はそれを受け取らずに返しており、その点にやや疑問が残る（新品でないから返したというのではなかろう）。なお紅梅巻の「源中納言は、かうざまに好ましうはたき匂はさで、人柄こそ世になけれ」（八40頁）に関して、「人柄」の部分に本文異同が生じており、河内本系の為家本では「人かしも」、別本の保坂本では「人か」となっている。ここは匂宮の「移り香」⑤に対応した薫の匂いであるから、むしろ「人香」の方がふさわしいのではないだろうか。これを認めれば「人香」の用例はもう一例増えることになる。その他、「移り香」とは表現されていないが、源氏が明石の君との別れに際して形見として残したのは「御身に慣れたる」（明石巻95頁）ものであり、当然「えならぬ御衣に匂ひの移りたる」（同）とあるように、源氏の「移り香」の染みた御衣と見て間違いあるまい。また柏木は「わりなき心地の慰めに、猫を招き寄せてかき抱きたれば、いとかうば

しくてらうたげにうちなく」（若菜上巻112頁）と、女三の宮の唐猫を抱きしめているが、その猫には主人たる女三の宮の「移り香」がついており、柏木にとっての猫は、やや倒錯した女三の宮の代償・分身ということになる（空蝉の小袿も同様）。

［18］もともと源氏は、「をかしき額つきの透影あまた見えて」（夕顔巻109頁）とあって、向こうから覗かれていることを意識していた。それを承知の上で、牛車の下簾から「すこしさしのぞきたまへれば」（同）と覗き返しているのである。これはただ単に相手を見ているのではなく、意図的に自分の顔を相手に見せているのであろう（ポーズ）。だから相手側の反応に対して、「しだり顔にもの馴れて言へるかな」（114頁）などと、自分の正体がばれたような感想を抱いているわけである。ただしそれはあくまで源氏の思いこみであるから、これは夕顔側が源氏であることを認識したという証拠にはならない。

［19］吉海「「雨夜の品定め」再考」解釈42―6・平成8年6月参照。

［20］もし夕顔が、相手を源氏と認識した上で、頭中将の扇を使ったとすると、夕顔の嗅覚能力は低かったと考えざるをえない。

［補注］香に関しては、系譜（氏族）による秘伝ということも考えられなくはないが、当時の子供が母方で養育されるということを勘案すると、音楽のような相伝は想定しにくいようである（螢宮や匂宮・薫などは個人的突然変異的な才能であろう）。また金秀姫氏「空蝉物語の「いとなつかしき人香」考―『古今集』との表現的関連について―」むらさき37・平成12年12月を見たが、本稿の主旨とは異なっているので、あえて修正は行わないことにした。

第十章　漂う香り「追風」――源氏物語の特殊表現

［1］⑤は徳富蘆花の『黒い眼と茶色の目』（一九一四年）の用例なので、当然『古語大辞典』には掲載されない。また⑥は元和本『下学集』に「追風　ヲイカゼ　逸馬異名」とあるものだが、具体的な用例があげられていない（意

味は早く走る馬のことであろう）。

［2］参考までに宮島達夫編『古典対照語い表』（笠間書院）で「おひかぜ」を調べてみたところ、次のようであった。
万葉0・竹取1・伊勢0・古今0・土佐2・後撰1・蜻蛉0・枕0・源氏12・紫0・更級0・大鏡1・方丈0・徒然1（ただし「おひかぜようい」）。これを見る限り女性語とは認められないようである。

［3］同様の表現は源氏物語明石巻にも「例の風出で来て、飛ぶやうに明石に着きたまひぬ」（新編全集233頁）とある。これもやはり神慮による順風であろう。もっとも明石巻に「追風」は用いられていないが、あるいは帆船でなくても順風は可能なのかもしれない。

［4］大野晋氏の『古語辞典』（岩波書店）では、「この語は、室町時代以後、「追ひ風」と解するが、平安時代のアクセントを考慮すれば、「負ひ風」の意か」と解説されている。『今昔物語集』の表記はまさに「負風」であった。

［5］『後撰集』にはもう一例用例があるはずだが、『新編国歌大観』では「難波潟みぎはの葦のおいがよに怨みてぞふる人の心を」（一一七〇番）となっており、「おひかぜ」ではなく「おいがよ」と表記されている。これについて片桐洋一氏は『後撰集』（新大系）の脚注において、

　底本をはじめ多くの本は「おいかよに」としているが、「老いが世」では通じない。「追い風」が「葦の葉の裏を見せる」ゆえに「怨み」に続くのであるから、ここは「おひかぜ」と改めるべきである。「おひ（追）」が「おい」と表記されるようになってから、「せ」が「世（よ）」に誤られて、「おいがよ」になったのであろう。なお、書陵部本兼盛集では「なほいとつらかりける女に」という詞書で、第三句「おひ風に」として見えている。（350頁）

と解説しておられる。この場合は「葦の後ろから吹いてくる風」の意味であろうが、葦の前後は作者との相対的な位置関係によって決まるのではないだろうか。そうなると「追風」はむしろ作者の方に吹いてくる風と解すべきであろう。いずれにしてもこの例は保留にしておきたい。

［6］『伊勢集全釈』（風間書院）では、語釈に「背後から吹いてくる風、順風のこと」と記しているが、ここは外から家の中に風が吹いてくるのであるから、順風ではあるまい。

［7］吉海「兼好法師と『源氏物語』―『徒然草』の『源氏物語』引用―」『鎌倉・室町時代の源氏物語』（おうふう）平成19年6月参照。

［8］もちろん「追風」という語がなくても、追風と解せる描写も存している。例えば「大きなる松に藤の咲きかかりて月影になよびたる、風につきてさと匂ふがなつかしく、そこはかとなきかをりなり」（蓬生巻344頁）や、「霞める月の影心にくきを、雨のなごりの風すこし吹きて、花の香なつかしきに、殿のあたりいひ知らず匂ひみちて、人の御心地いと艶なり」（梅枝巻410頁）などは追風そのものであろう。

［9］ついでながら花散里巻の「大きなる桂の樹の追風」（154頁）も、『徒然草』一〇四段末尾の「桂の木の大きなる」（162頁）に引用されている。同様に花散里巻の「人目なく荒れたる宿は」（157頁）も一〇四段冒頭の「荒れたる宿」を踏まえている。必ずしも一箇所に集中しておらず、広範囲に分散しているのでややこしいが、『徒然草』の中に『源氏物語』の引用がふんだんに散りばめられていることは間違いあるまい。注［7］参照。

［10］狭衣はこれ以前にも、「寝覚めの枕は浮き沈みたまふ折しも、御格子の少し鳴るもただ風とのみおぼえて、いとやはらかなるに、人気の少し近くおぼえて、あさましとおぼほれし夜々の匂ひに変らずうちかほりたるに、あやしと御髪をもたげたまへるに」（新編全集巻二235頁）と女二の宮の元に侵入していたが、やはり嗅覚によって気づかれていた。

第十一章　感染する薫の香り

［1］薫が自らの芳香を目立たないようにするためには、風上に立たないこと、興奮しないこと、汗をかかないこと、こまめに下着を取り替えることなどが肝心である。

［2］吉海「「移り香」と夕顔」『源氏物語の新考察』（おうふう）平成15年10月（本書所収）

［3］吉海「「追風」考―『源氏物語』の特殊表現―」國學院雑誌109―10・平成20年10月（本書所収）。同様の設定が藤

壺出家後にも見られる。

風はげしう吹きふぶきて、御簾の内の匂ひ、いともの深き黒方にしみて、名香の煙もほのかなり。大将の御匂ひさへ薫りあひ、めでたく、極楽思ひやらるる夜のさまなり。（賢木巻132頁）

ここに「追風」こそ用いられていないが、藤壺の黒方と仏前の名香が揃い、それに源氏の香が加わるのだから、状況は若紫巻に近似していることになる。ただし賢木巻では激しい風が吹いていた。

［4］宿直人が薫の分身であることは、木村朗子氏「宇治の宿直人」源氏研究10・平成17年4月でも述べられている。

［5］助川幸逸郎氏「薫の〈かをり〉をめぐって」中古文学論攷13・平成4年12月参照。助川氏は、薫の体香が描かれるのは彼の愛欲に関わる場面であることを指摘しておられる。なるほど初めて中の君と一夜を共にした時など、薫の香りについては一切記述されていなかった。

第十二章　すりかえの技法――擬装の恋物語

［1］末摘花の乳母子侍従は主人の返歌を代作しているが、受け取った源氏は代作と気付いていないので、これも「すりかえ」ということになる。

［2］三田村雅子氏「移り香の宇治十帖」『源氏物語感覚の論理』（有精堂）平成8年3月。林田孝和氏も、「匂宮はいつもより深く焚きしめ、薫の香りを真似ていたのであろう」（243頁）と述べておられる（『源氏物語の創意』おうふう・平成23年4月）。

［3］吉海「少納言の乳母」『源氏物語の乳母学』（世界思想社）平成20年9月。少納言の乳母は亡くなった祖母の代理を勤めているが、そもそも乳母という職掌は母の代理でもあるので、少納言は二重の代理として紫の上を後見していることになる。

［4］吉海「小君の役割」『源氏物語の新考察』（おうふう）平成15年10月

［5］同様に柏木にしても、女三の宮の身代わりとして女二の宮と結婚しているのであるから、これも「すりかえ」の結婚ということになる。

［6］安藤徹氏「光源氏の〈かたみ〉―惟光と良清の立身／分身―」『端役で光る源氏物語』（世界思想社）平成21年1月。このことは『狭衣物語』や『夜の寝覚』にも適応できそうである。

［7］『和泉式部日記』における敦道親王との恋にしても、亡くなった兄為尊親王の「すりかえ」ということになる。その際、為尊親王が召し使っていた小舎人童をそのまま使っているが、これは主人の「すりかえ」である。もちろん為尊・敦道親王にとって、小舎人童は分身でもあった。

［8］吉海「右近の将監」『源氏物語の新考察』（おうふう）平成15年10月では、斎院御禊の随身に撰ばれた右近の将監を源氏の分身として論じている。夕顔巻にしても、夕顔側は牛車の中にいる見えない主人を随身によって判断しており、やはり分身として機能していることがわかる。

［9］吉海「右近の活躍」『源氏物語の乳母学』（世界思想社）平成20年9月。最終的に玉鬘は髭黒と結婚するのだが、娘の大君は冷泉帝に入内させている。それはかつて玉鬘が果たせなかったことを、娘によって代行しているのである。それは二度目の母と子の「すりかえ」であった。

［10］そのことは若菜下巻においても、「明石の尼君とぞ、幸ひ人に言ひける」（若菜下巻176頁）云々と評判になっていた。

［11］かつて大君の看病をしていた際、中の君は薫の言葉を聞いて、「言葉のやうに聞こえたまふ。つれなき人の御けはひにも通ひて、思ひよそへらる」（総角巻322頁）と匂宮と似ているという感想を漏らしていた。もし中の君が薫を受け入れていれば、薫も匂宮に「すりかえ」可能だったことになる。

［12］吉海「「かうばし」考」『「垣間見」る源氏物語』（笠間書院）平成20年7月、同「嗅覚の『源氏物語』―感染する薫の香り―」日本文学風土学会紀事・平成21年5月（本書所収）で、香りに注目した読みの面白さを論じている。

初出一覧

序　章　後朝の別れ――闇のなかで
書き下ろし

第一章　後朝の時間帯「夜深し」
「『源氏物語』「夜深し」考―後朝の時間帯として―」古代文学研究第二次19・平成22年10月（修正あり）

第二章　女性たちへの別れの挨拶――須磨下向へのカウントダウン
書き下ろし

第三章　人妻と過ごす時――空蝉物語の「暁」
「空蝉物語の特殊性―暁の時間帯に注目して―」國學院雑誌113―3・平成24年3月

第四章　庶民生活の騒音――夕顔巻の「暁」
「『源氏物語』夕顔巻の「暁」―聴覚の多用―」國學院雑誌111―4・平成22年4月

第五章　大君と中の君を垣間見る薫――橋姫巻の「暁」
「『源氏物語』橋姫巻の垣間見を読む」同志社女子大学日本語日本文学21・平成21年6月（修正あり）

第六章　契りなき別れの演出――総角巻の薫と大君
「宇治の暁―薫と大君の疑似後朝―」立命館文学630（中西健治教授退官記念）平成25年3月

第七章　牛車のなかですれ違う心――東屋巻の薫と浮舟
「薫と浮舟の道行き―牛車の中―」國學院雑誌111―12・平成22年12月

第八章　「なつかし」と結びつく香り
「嗅覚の「なつかし」―『源氏物語』空蝉の例を起点として―」日本文学論究71・平成24年3月

第九章　男性から女性への「移り香」
「「移り香」と夕顔」『源氏物語の新考察』（おうふう）平成15年10月（修正あり）

第十章　漂う香り「追風」――源氏物語の特殊表現
「「追風」考―『源氏物語』の特殊表現―」國學院雑誌109―10・平成20年10月

第十一章　感染する薫の香り
「嗅覚の『源氏物語』―感染する薫の香り―」日本文学風土学会紀事33・平成21年5月（講演原稿を大幅修正）

第十二章　すりかえの技法――擬装の恋物語
「すりかわる『源氏物語』―擬装の恋物語―」解釈55―9、10・平成21年10月（講演原稿を大幅修正）

あとがき

『源氏物語』の研究を続けてはや四十年が経過した。若い頃は、とにかく論文を書くことに精一杯だったような気がする。はじめて体系的なまとまりができたのは、乳母の研究を集大成して『平安朝の乳母達』を出版した時（不惑過ぎ）だった。それ以来、頁数だけやたらに多い論文集ではだめだという思いが強くなった。

実のところ、私は十年に一度ずつ研究書を刊行してきた。まず三十歳の時に『源氏物語研究而立篇』を私家版で上梓したが、それは三百頁台の本であった。次に四十歳を過ぎて出した『平安朝の乳母達』は四百頁台だった。そして五十歳代の学位論文『源氏物語の人物と表現』が五百頁台だった。次に六十歳代で出すとしたら六百頁台ということになる。それだけの原稿は既に揃っているのだが、一体定価がいくらになるのか、考えただけでも空恐ろしいことである。

たまたま源氏物語千年紀（二〇〇八年）の折、ささやかではあるが「垣間見」だけで一書にまとめた『「垣間見」る源氏物語』と、『源氏物語の乳母学』の二冊を刊行することができた。これだと実感したのはいいが、体系的にまとまった二冊の本を出した後、次に何を出せばいいのか途方に暮れてしまった。それでも還暦記念の研究書は頁数にはこだわらず、なるべく安価な、それでいて統一的なテーマの本にしようと決心した。

だからといって、それを実行するのは口でいうほど簡単ではない。最初から統一的なテーマで何本もの論文を書かなければ、体系的なまとまりができるはずはないからである。幸い「垣間見」論からの延長というか、「垣間見」論に導かれるかのように、聴覚と嗅覚（音と香り）に興味を抱くようになった。それを男女の後朝の別れに絞り込んで「暁」の論文を書いているうちに、この方向でまとめられるのではと思い至った次第である。こうして聴覚と嗅覚に注目した本書が誕生したのである。本書は「垣間見」論の姉妹編であるから、笠間書院から刊行していただいたことに、心からお礼申し上げる。

さて次（七十歳代）はどんなテーマでまとめようか。もちろん体と頭が元気だったらの話であるが。

平成二十八年八月二十日　今出川の研究室にて　吉海直人

『源氏物語』「後朝《きぬぎぬ》の別れ」を読む

音と香りにみちびかれて

著者

吉海直人

（よしかい・なおと）

昭和 28 年 7 月、長崎県長崎市生まれ。國學院大學文学部、同大学院博士課程後期修了。博士（文学）。国文学研究資料館文献資料部助手を経て、現在、同志社女子大学表象文化学部日本語日本文学科教授。
主な著書に『源氏物語の新考察』（おうふう）平 15、『源氏物語の乳母学』（世界思想社）平 20、『「垣間見」る源氏物語』（笠間書院）平 20、『源氏物語〈桐壺巻〉を読む』（翰林書房）平 21、などがある。

平成 28（2016）年 12 月 15 日　初版第 1 刷発行

ISBN978-4-305-70827-4 C0095

発行者

池田圭子

発行所

〒 101-0064

東京都千代田区猿楽町 2-2-3

笠間書院

電話 03-3295-1331 Fax 03-3294-0996

web :http://kasamashoin.jp/

mail:info@kasamashoin.co.jp

装丁 笠間書院装幀室

印刷・製本 モリモト印刷